中國古典文學基本叢書

查慎行詩文集

第六册

〔清〕查慎行 著

范道濟 輯校

中華書局

本冊目録

敬業堂集卷五十

餘波詞下

敬業堂詩續集卷一

漫與集上

敬業堂詩續集卷二

漫與集下

敬業堂詩續集卷三

餘生集上

敬業堂詩續集卷四

餘生集下

敬業堂詩集卷四十八

粵游集下 起戊戌正月，盡四月。

羊城元日試筆戲呈中丞公

風光六十九回新，老客殊方愧此身。殘臘雪消正月暖，閏年曆報兩頭春。滄溟出日長先旦，斗極移杓又指寅。聽説官清民樂業，便思長作嶺南人。

二日中丞招遊署後園池分賦六首

其一

昨枉嚴公駕，今逢袁紹杯。到來凡五日，相見已三回。禮豈爲吾設，花應待客開。小桃何太早，紅雨點蒼苔。

其　二

北闕逶迤徑，東連宛轉城。越臺當户秀，天井入池清。倚檻堪垂釣，聞歌想濯纓。向來瀟灑意，只視此官輕。

其　三

老樹何人種，名園此地無。自多新氣色，無改舊規模。曳杖馴麛子，看松長鸖雛。恍疑蓬島近，不似在城隅。

其　四

勝踐烟霞外，春風步屧初。餘恩沾草木，得性狎禽魚。巖壑真同趣，亭臺畫不如。板輿迎養便，未許賦《閒居》。

其　五

竹密晴疑雨，林深暖亦寒。不知官閣好，但覺旅懷寬。鑾果充柈飣，江鮮佐食單。平生滋味薄，相對勉加餐。

其　六

此外無賓客，應憐老病翁。交原因臭味，賞亦到兒童。時兒楨侍行。憂樂論先後，行藏感異同。却將詩送日，良晤詎匆匆。

過前輩梁藥亭故居

風流雲散兩茫然，轉瞬前遊十五年。癸未春，余入館，先生散館。獨客遠來朋舊少，貧官没後子孫賢。買鄰古有千金語，遺稾今爲萬口傳。話到五交宜《廣絶》，西華葛帔復誰憐？

立春日張梅麓前輩招飲雲麓堂

仙蓂五葉撰良辰，晝繡還鄉恰及春。海内久推黄髮老，堂中猶侍白頭親。金花彩勝隨年换，銀燭華燈照座新。今夕從君論出處，始知天地有完人。時張以養親告歸。

喜晤藍公漪

藉甚榕城叟，才名洵不虚。氣吞三斗墨，筆吐五車書。客况浮萍合，交情碩果餘。臨卭有賢令，謂姚番禺齊州。猶足重相如。

人日雨中遲公漪不至

夜夢羅浮春，碧桃千樹霞。醒來枕上雨，落盡城中花。東風冷笑人，謂若坎井鼃。當門列雉堞，雲霧重周遮。我懶不能出，招呼及鄰家。速客客不來，舉杯還自嗟。一歡難强致，由命匪由他。用昌黎語。

謁南海神廟

姚侯送我遊黄灣，澄江一道晴無瀾。黄昏到岸天色變，徹夜震撼號驚湍。平明謁海神，雲氣解駁光斑斕。殿中擊銅鼓，聲落海外迎潮還。巡簷繞廊看古碣，手剔碧蘚青苔斑。或欹或仆或屹立，節角剷殺形模殘。煌煌御書碑，迥出唐宋元明間。浴日孤亭表其右，七十二級直上窮躋攀。不知榑桑出地幾千丈，頓覺東西南北四望無遮攔。驪龍吐珠蛟歕涎，陽烏擊水鼇移山。祝融分位當炎躔，萬象呈露秋毫端。紫霞紅浪上下兩摩盪，中有萬點風檣竿。星流電掣到廟下，一一椎髻垂花鬘。吾皇膏澤被百蠻，遠人畢至邇者安。自從計臣握算變新法，鹽筴纖悉多歸官。廣川大澤禁漁獵，網漏魚鼈羣生慳。問神受封今幾代，蒿目豈不知時艱。國家大事必祭告，謂是正直靡欺謾。幽明肸蠁一氣旋，憂樂當與民相關。曷不草緑章，爲民請命恩宜頒。但使方隅獲沾山海利，神亦坐享血食無慚顔。

附擬南海神答查悔餘先生謁廟詩

佟法海

先生蒼顔鶴髮七十强，磊磊落落詩名天下揚。笠簵鞵芒邛竹杖，水浮陸走萬里來炎方。羅浮神仙窟，羊城富貴場。掉頭兩不顧，輕舟獨泊戙旗岡。徑上七十二級浴日亭，愁看暘谷金暈浮扶桑。直入廟中撾銅鼓，鼓聲遥撼零丁洋。蒿目時艱不可説，惟神若可默贊襄。高歌如慕復如怨，怨到海神神亦傷。自從祝融宅南海，風非古昔俗譸張。田荒莠長蟊蟲活，常乎十郡封空倉。一水虎門扼衝要，雕蹄鑿齒通來王。珠璣翡翠珊瑚樹，玳瑁靈犀琥珀光。罔象見利亦忘義，揶揄龍斷雜官商。鹽法榷法不可問，山盜洋盜争强梁。職守一方司民命，安敢坐視蒼生殃。獨憑正氣觸百怪，幾夜辛勤草緑章。豈知山鬼足伎倆，陰晴播弄蔽太陽。茫茫萬里九天遠，狂風吹倒百鍊剛。古來天定能勝人，人定亦能勝彼蒼。吁嗟乎！人定勝天可奈何，尸位不去慚顔多。詩家若有斡旋手，請君更作回天歌。

海雲寺同藍采飲王符躬作

其一

波羅廟下凌晨發，直到雷峰弭畫橈。一綫春流通斷港，華鯨南應虎門潮。

其二

水窮雲起得禪關，突兀樓臺數十間。曲曲迴廊隨步轉，不離平地却登山。

其三

木棉兩樹最稱奇，拔地參天萬萬枝。自笑杖藜來較蚤，不關渠事作花遲。

其四

一龕容得十方僧，個是天然第二燈。更約羅浮觀日出，尋師還上最高層。住持塵異，時往華首臺。

與番禺姚明府齊州二首

其一

僂指修門別，俄踰二十年。君顔猶白晳，我髮已華顛。毛檄差堪喜，王舄自得仙。春風花滿眼，及此話前緣。

其　二

簿書原不俗，插架有牙籤。詩好人人説，才優事事兼。肯教同列忌，難得上官廉。驥足行將展，毋須歎久淹。

花田詠古

牖翅城南寂寞濱，芳華小苑已成塵。珠襦夢斷鴉啼曙，粉麝香消雨洗春。翠輦幾經偏霸主，素馨曾識故宫人。賣花擔上東風信，流轉人間又一巡。

珠江櫂歌詞四首

其　一

一生活計水邊多，不唱樵歌唱櫂歌。蜑子裹頭長泛宅，珠孃赤脚自淩波。

其　二

剪得青蒲織作篷，平鋪如席卷如筒。往來慣是乘潮便，不使朝南暮北風。

其　三

生男不娶城中婦，生女不招田舍郎。兩兩鴛鴦同水宿，聘錢幾口是檳榔。

其　四

米價高于珠價無？就船剖蚌换青蚨。近來官長清如水，不是珠池亦産珠。

大行仁憲恪順誠惠純淑端禧皇太后輓歌二章

其　一

彤史媯皇紀，徽音壽母賢。手裹開刱業，坐閱太平年。典禮三朝備，哀榮五福全。北山松頂月，移照賁重泉。

其　二

鳳輦承顔地，龍樓問寢晨。一人隆孝養，萬國仰尊親。海角宣遺詔，宫中閟早春。朝班瞻望遠，淪落泣孤臣。

呈前輩鄭珠江先生

鄭公青瑣彦，雅尚寄林泉。在野長憂國，觀空晚入禪。與時疎應接，顧我數入周旋。此意能無感，依依杖屨前。

偕梁孝穉遊法性寺有懷心月上人兼示希聲學子四首

其　一

有約尋僧去，攜筇出郭賒。東風吹白髮，春事到梨花。石畔三生路，林間一味茶。横枝不傳法，消息問誰家。

其　二

一片青苔色，當門屐齒留。近身無俗物，望遠得高樓。轉覺城中隘，真宜象外遊。折腰吾不慣，到此小低頭。薝蔔樓下，心公影堂在焉。

其　三

欄楯遥相望，中開一畝池。波明堂欲動，魚樂我先知。惠遠流風在，柴桑入社遲。勿嗟耆舊盡，弟子總能詩。藥亭舊與心公結詩社于此。

其　四

蓮漏晨猶滴，齋鐘午罷敲。沙彌通佛性，居士慰神交。座間喜晤周乳峰。庭長桄榔節，窗臨翡翠巢。重來應未厭，幽事滿西郊。

長壽菴坐湛菴禪師方丈聽談石公舊事

津梁誰得限，傳法到交南。涉海如航葦〔一〕，還山遂築庵。劫難逃宿業，風不動毘嵐。賢嗣真龍象，千鈞獨力擔。

〔一〕「航」，《原稿》作「杭」。

齊州於縣治之左新闢園池名梅花邨暇日與客同遊索賦

蒼苔一曲轉東垣，廢地俄成十畝園。行處軒窗多入畫，望中花柳却疑村。南通海眼安池位，北引山光落酒樽。直作吾廬吾亦愛，萍踪隨水欲生根。

上官竹莊爲余寫青山歸櫂圖公漪有詩戲次其韵

舊聞五嶺皆炎熱，到此能無憶泠泉。不謂留行無地主，老夫興盡却迴船。

爲友人題暮雲春樹圖二絶句

其一

渭北與江東，斯人兩不作。借取一幅圖，爲君論詩學。

其二

暮雲與春樹，此景世不乏。借取一聯詩，爲君論畫法。

佟醒園以騎驢出嶺圖小照索題戲作六言律詩一首

我愛竹莊妙手，爲君寫此横圖。天南豈無鴻雁，醒園與中丞爲兄弟行，故云。嶺北猶聞鷓鴣。莊言非馬喻馬，佛説騎驢覓驢。一笑不離行脚，阿誰先取歸途。時余亦將歸。

題翁蘿軒爲藍公漪所畫枯樹小幅

故人垂老交情，爲寫枯枝贈行。唤起羅浮春夢，來聽紙上秋聲。

有以白菜餉中丞者中丞有詩屬和韵

閉門風味宛然存，菜把猶多餽送痕。傳語園官須手種，亟乘春雨斸籬根。

王符躬舍人席上贈許蒼嵐

許侯天下才，曾宰樂昌縣。官如已墮甑，棄去胡足戀。邂逅結襪生，呼朋開廣宴。君乘斑騅來，遇我心相善。昨日誦君詩，今朝識君面。冰壺貯秋月，表裏皆可見。平生千丈氣，對酒尚豪健。一吸盡一升，卷波看白戰。商聲帶河嶽，風日爲之變。我欲和此歌，朱絃忽中斷。

清凉山莊圖符躬屬題

舍人示我《山莊圖》，生綃横展五丈餘。良工三年寫始就，金谷輞川何足摹。君家舊住清凉麓，萬里江天入遐矚。故應胸次豁然寬，占斷此山猶未足。石頭城門平旦開，千巖暖翠排空來。珊瑚碧樹好顔色，照耀初日生樓臺。樓臺高下無重數，徑轉溪迴總迷路。標題一一都有名，毫末微茫指其處。問君結念毋已奢，洞天福地歸一家。潰成奚翅萬金産，還恐山林跡尚賒。君言好事皆虚事，架搆良難畫差易。未能依樣買園亭，乍可隨身蓄巾笥。海山兜率吾不知，此圖要亦人間稀。神仙只被瑶京誤，埜鶴何天不可飛。

正月晦日喜雨用中丞見示原韵即以志别

風花半落經春暖，雷雨初來送曉寒。農事相關公最喜，物情不隔我同歡。鷄鳴如晦方懷友，蛙鬧何知豈爲官。借取一篙清漲水，野人歸欲濯纓冠。

題上官竹莊羅浮山圖

大瀛海外有十洲，巨鼇不上龍伯鈎。何年背負蓬島至，兩山合一成羅浮。奇峰三百三十二，一一豈易窮冥搜。眼中孰是好奇者，上官山人今虎頭。山人欲爲山寫照，直上崔嵬走瓶甈。朱明古洞華首臺，佳處真能領其要。歸來繪作指掌圖，萬象攝入摩尼珠。緑毛鳳挂佛子髻，五色蜨化仙人襦。我方神遊力不足，爲爾題詩展横幅。正緣身不在山中，識得羅浮真面目。

光孝寺與笑成上人

訶林冠嶺外，重是古道場。摩挲菩提樹，躑躅風旛堂。不見祖師面，徒拈一瓣香。上人方坐雨，笑客疲津梁。

次韵中丞公夢羅浮作

有意遊仙事竟違，羅浮未到我空歸。輸他準勑狂開府，夢裏乘鸞獨自飛。

將發珠江遇李約山觀察自粤西來訂同歸之約

世途歧出處，長恐見無從。只隔東西粤，相望千萬峰。君其李元禮，我豈郭林宗？江上同舟約，何期邂逅逢。

海幢寺十二韵阿字禪師道場。

洞宗衰復振，派衍自天公。半是逃名客，羣稱出世雄。雲幢標郭外，香界湧南中。填海爲平地，參天起梵宫。歘成疑鬼運，幻出儼神工。穗石浮佳氣，朝臺拜下風。五仙皆法護，十力盡神通。蹴踏諸方徧，跏趺片席崇。我來塵世隔，師去影堂空。法供瓶爐潔，齋厨菜豉豐。映階筌竹翠，耀眼木棉紅。緣境他生結，留詩記此翁。

二月八日初離廣州

來時麥苗緑，歸路麥穗黄。南方冬春交，物候總不常。可憐百萬户，户户資春粻。曩苦食無鹽，今愁米價昂。温風送微雨，中有餅餌香。忍飢待食麨，差勝犂還荒。嶺南廢田，有「還荒」、「老荒」等名。

舟過三水邑宰徐君來晤口占贈之徐由庶常改官，新莅兹土。

三水合流處，孤城近海壖。誰知花縣宰，舊是玉堂仙。甿俗觀新政，官情耐左遷。天涯相識少，爲爾一停船。

羚羊峽

兩崖挂羣龍，下飲一江水。水窮山忽住，水轉山復起。草木所不生，石頑盡横理。惟聞霧猨叫，杳杳雲霧裏。

朱觀察紫垣席上賦贈二首

其　一

我識朱公子，佳名在棗香。承家新節鉞，開府舊封疆。才大移風速，官閒化日長。三州行按部，處處有甘棠。

其　二

昨入中丞座，吟君唱和詩。法從前輩得，清受大僚知。細雨凝香室，春風畫戟枝。掣鈴容埜老，雲樹慰相思。

戲柬高要令王寅采同年

崧臺君暫憩，雲嶠我閒關。白髮重攜手，青春好駐顏。硯開鸜鵒眼，香點鷓鴣斑。割愛煩斟酌，無踰二者間。

登端州城東閱江樓

好事何人送酒來，自扶雙屐躡崔嵬。山從迴雁峰頭落，潮過羚羊峽口回。浩浩風聲隨几杖，濛濛蜃氣出樓臺。天公不薄將歸客，霽色今朝爲一開。時久雨乍晴。

望七星巖

維北有七星，天樞永不移。寓形忽隕地〔一〕，幻作岩壑姿。我登閱江樓，高詠《慈恩》詩。七星在北户，一一俯視之。此生名山遊，待了婚嫁期。洎乎婚嫁了，筋力恒苦衰。輸他有力人，濟勝忘嶔崎。猶賢無目者，興到目尚隨。

〔一〕「地」，《原稿》原作「地」，後改作「石」。

題寅采同年小照

身爲端溪主，不蓄端溪硯。賓戲主不知，低頭方展卷。

題李峻瞻移情圖

江峰不比海山深，鼓瑟何如聽鼓琴。不是琵琶箏笛手，莫從人境覓知音。

礐石有序

南中英石硯山，多出工匠補綴而成。惟産自沙土中天然無刻畫痕者，斯爲上品。余歸笈得二枚焉：一爲佟中丞所贈，峰勢迴環，中穿六孔；一爲姚番禺所贈，勢若飛雲，孔大小倍之。以尺度之，長皆三寸許，世所稱皺、瘦、透者，殆無美不備。此遊獲此，亦足以豪矣。今日行過德慶，舟中無事，羅列几案，賞玩不足，紀之以詩。

韶州山石奇，英州山石秀。人言奇者雄，不若秀者瘦。蒼龍骨離立，歲久色微黝。脱落之而鱗，深埋無底竇。結成岩洞勢，潤被沙水漱。玲瓏具本性，蹙縮聚衆皺。斧鑿絶纖痕，中虚互通透。偶然遇好事，不恪高價購。置之几硯旁，命曰小雲岫。一拳殊不易，況敢望多又。而我獨何幸，歸舟誇日富。熊魚兩得兼，彼美適邂逅。款款儼欲飛，翩翩若相就。人間陸賈裝，金玉難單究。千金真俗物，至寶肯輕售。何如落吾手，出入在懷袖。再拜謝故人，兹情亦良厚。

望夫山歌

杜鵑花，紅映白；杜鵑鳥，啼吐血。阿夫去作海上客，阿娘山頭化爲石。望夫不歸兮可奈何？鸞風蜑雨春來多。

封川

《十咏》傳嘉祐，宋嘉祐中，田開知封州，有《臨封十咏》，盛誇風土之美。征途喜乍逢。時平山少盜，俗儉户勤農。趁雨收新麥，連邨急暮春。江船多賈客，一稔給鄰封。

梧州

東粤行初盡，三江此要衝。商通藤縣米，篺出象州松。北望雲千疊，南來瘴幾重。小舟如箬籠，雙膝劣能容。

雨中飲梧州郡守范拙存署齋

清絶蒼梧郡，山城並水涯。使君非俗吏，官閤似村家。雨戰椶櫚葉，籬編豆蔻花。春寒連日甚，勸我酌流霞。

與郡丞趙默菴話舊有感

憶昔赴黔幕，買帆泝漢陽。趙家好弟兄，一見傾肺腸。吾兄謂韜荒。亦豪士，齒序同雁行。君時甫弱冠，意氣争頡頏。往往副虚懷，高譚陋詞章。風塵一揮袂，自爾成參商。奄忽四十年，舊遊半存亡。兩萍浮大海，乃在天一方。東坡詩：「蒼梧獨在天一方。」我鬢既摧頹，君顏俄老蒼。大才屈佐郡，何以展爾長。蠻城二月中，天氣如梅黄。入門巾屨溼，急雨鳴淋浪。呼童啓書齋，延我卧竹牀。此情不殊曩，此景安可常。别易會苦難，况迫桑榆光。臨分留數語，俛仰多感傷。

逆風上灘歌

船頭喜鋭不喜方，竹篙用短不用長。上灘取逆不取順，出險在閒不在忙。老夫昏昏篷底坐，静聽兩旁風雨過。深慚作力役多人，成就垂綏一游惰。

雨中過昭平縣與馬莘叟

風磴層層上，衙齋踞地高。到門雲氣合，入座雨聲豪。已覺簿書簡，猶多迎送勞。酒香奴飯白，青眼愧吾曹。

龍門峽

龍尾千層雪，龍頭萬斛濤。硤形當絶險，崖勢故争高。木馬船名。騰槽立，藤蛇絡石牢。雲端牽百丈，絲路辨秋毫。

佟中丞貽我羅浮蝶繭數十枚三日前雙蝶先出置之籠中朝來風日晴暖栩栩欲飛因開籠放之

五色仙山繭，分貽不計枚。似貪歸路近，雙翅獨先開。此豈籠中物，無端入夢來。人間何足戀，好去莫徘徊。相傳此蝶雖在千百里外，必返故山。

楊誠齋詩有韶州山又勝雄州之句余過英德爲進一解曰英州山又勝韶州今日行至平樂城南羣峰競秀爭奇目不暇給英山又不足言矣問之土人無能舉其名者然不可無詩紀之也

突兀離奇縱復横，峰稠嶂叠總無名。千尋自拔雲霄上，萬古何曾艸木生。佛指佛螺青未了，石蓮石筍畫難成。天教增損詩人眼，直覺昭州又勝英。

晚泊劉公渡望對岸諸峰

澄江一道鏡初鎔，寫出東南隔岸峰。指掌圖中看倒影，夕陽一百二芙容。

陽朔縣

雲從巫衡來，勢落桂嶺外。散爲椎結族，陽朔乃都會。森森競駢植，嵕嵕或孤介。滿眼盡兒孫，丈人竟安在？孤城如廢井，百雉陷其内。亦復設官司，于兹領岩砦。兩衙排籤立，日與刀劍對。匪曰牧人民，而云禦魑魅。昔賢遷謫到，所以多感噫。俾山蒙惡名，夫豈山之罪。不作一錢直，斯言毋已太。聖朝懷遠人，吏職視殿最。此邦瘴癘區，遷轉異流輩。于今號捷徑，上考率三載。寄語親民官，後來須自愛。

春燒

粤俗不好生，連山發春燒。新荑與枯枿，往往同一燎。昆蟲方啓蟄，被虐慘無告。造化豈不仁，吁嗟落蠻徼。客行天南陬，半月抵都嶠。侵肌苦毒霧，白日罕朗照。五行或偏勝，風痺恐難療。焉可無繼《離》，《易》疏以《離》上三爻繼明者爲火。來爲萬物燥。人情懷所便，即事具慶弔。此樂非彼欣，相哀莫相誚。

桂江舟行口號十首

其一

龍江驛前水倒流，竹棚移上别山頭。趁虚人去愁唤渡，失却閣沙刳木舟。

其二

灕江江色緑於油，百折千回到海休。多事天公三日雨，一條羅帶變黄流。

其　三

水自東流客自西，經過大抵是凄迷。木棉枝上鈎輈鳥，夜夜夜深不住啼。

其　四

下灘不信上灘勞，比似登山步步高。好語梢公牢把柁，上前只費兩三篙。

其　五

行近昭潭灘倍多，艑郎勸力唱牙何。此聲莫作尋常聽，便是湘南《欸乃歌》。

其　六

南望蒼梧北桂林，中間七驛瘴尤深。不知雲氣藏多少，能使蠻天日日陰。

其　七

霧雨濛濛霽景稀，人編蕉葉作蓑衣。櫓摇漁父唱歌去，牛背牧兒浮水歸。

其　八

戍旗相傍有人家，水退依然就淺沙。二月芳菲看已盡，滿灘蘆菔自開花。

其九

過盡頑礓亂石堆，繡山一穴忽天開。明知不是秦人洞，容得漁舟日往來。

其十

一月春寒甚臘寒，北風颯颯上檣竿。南人不辨冬衣服，也道朝來袷勝單。

飲同年叢汝霖桂林學署兼志别

不以他途雜，時猶贊此官。名傳人口易，實獲士心難。行色春將晚，離筵花正殘。蠻城一杯酒，懷抱若爲寬。

上巳前一日發桂林

連日輕寒連夜風，滿城桃李一時空。伏波門外梨花雨，春在鵑啼猨嘯中。

靈川縣齋清明

已過上巳即清明，一月天纔兩日晴。記取靈川好風味，新茶新豆到山城。

平蠻歌爲靈川令樓敬思作

槃瓠遺種成野豻，充拓百粤西南間。桂林所屬半猺獞，猺性稍馴獞性頑。獞中廖三乃最狡，結砦背子義寧縣山名。藏神姦。義寧邑宰畏如虎，長惡不復加防閑。康熙五十有六載，遂逞螫毒爲民患叶平。公然越境大劫殺，乘勢摇動西江灣。東西二江，在興安、靈川兩縣界中。靈川樓侯奮髯怒，一念軫卹周痌瘝。請于中丞願勦賊，朝發夕下無留艱。官軍壓境屹不動，旁睨翻笑書生孱。豈知仁者必有勇，勇氣遠過齊成覸。出《孟子注疏》。力捐百鎰鑄戎器，更募丁壯踰千鍰。仲冬誓師謁神廟，聲並淚下垂潸潸。與神幽明共守土，捍禦災患宜相關。狼貪豕突忍坐視，一任滿耳啼孤鰥。陣圖兵法貯腹笥，臨事布置神安閒。先營壁隝後粻糒，下極坑谷高躋攀。天寒雪少但瘴霧，地盡石出皆榛菅。孤軍深阻三百里，間道别取千尋山。賊巢漸近徑彌惡，出賊不料攻而環。焚林燎穴何處遁，照耀岩壑朱旗殷。渠魁就殲脅從赦，散以甽畝閭閻闤。自從出疆迨飲至，三十五日師旋般。明朝獻馘上幕府，隊仗整肅排班班。受成例應給大賚，爲國惜費情非慳。有酒盈缸其色碧，有羊在牽其首肦。侯不居功以歸衆，單醪挾纊胥均頒。人傳封事上北闕，我適問道將西還。過侯治下暫弭檝，爲我掃榻開門欘。杯闌抵几聽陳説，竊嘆膽氣何其豩。如聞鼓鼙作餘力，如覩介冑當躬擐。朝廷設官鎮羣獠，文武分職毋相奸。至令儒臣建偉績，壯士毋乃多頳顔。是庸作歌勒諸石，義在《小雅》誰能删。他年采入《桂海志》，碑額不愧書《平蠻》。

樓敬思朱襲遠追送于大溶江賦三言古詩爲别

胡桐花，萬堆雪。躑躅花，千層血。大波淪，小波沏。百斛舟，十夫力。居者主，行者客。湘江南，灕水北。雲淰淰，風淅淅。難莫難，此時别。

靈渠行

鷩瀧下走三百灘，上流何至一掬慳。灘源濫觴乃在此，七十二重灣復灣。此渠鑿自秦史禄，初僅能通不能蓄。迨唐觀察李濬之，添設陡門三十六。石槽石斛升斗儲，一門典守用兩夫。鏵隄前啓後下板，修綆汲船如轆轤。雷轟電掣飛一綫，盈縮直從呼噏變。官船銜尾客船停，那得人人與方便。勸君小泊底須愁，不過多爲半日留。平生恥共人争路，况有林巒慰勝游。陡中岩岫絶佳。

夜泊鏵觜伏波祠下湘灕二水分流處

伏波祠廟枕江濆，湘北灕南兩派分。新月滿船天在水，蒼梧回首萬重雲。

興安田家

澨勒連郵緑樹濃，家家臨水設機舂。刀畊火種風初變，問是山農是澤農？

夕抵全州城外

晨發鏵觜潭，暮抵洮陽境。急流二百里，一宿兩程併。去聲。通塞世多途，疾遲吾有命。適來非意計，及此聊乘興。峨峨湘春樓，鬱鬱蒼松逕。城南松徑亘百餘里，相傳陳堯叟所植。咫尺不可尋，黄昏風雨横。

零陵道中

旗脚東北擲，朝來乘便風。清湘送帆影，翩若南歸鴻。卧看兩岸山，白雲起蓬蓬。前飛不作雨，掠過青玲瓏。導我向零陵，爲我驅霾霧。在遠睇欵接，緣沿路靡窮。昔讀子厚記，神遊乎其中。溪山豈不佳，好事疇繼公。便欲訪古蹟，征途去匆匆。無人爲指似，艸木徒蘢葱。

題浯溪寺中興頌磨崖碑後在祁陽縣東南五里。

其一

靈武功成賴朔方，中興名號遂歸唐。少陵善頌無多語，勳業汾陽異姓王。

其二

千古磨崖一統碑，後來山谷有題辭。獨教宦蹟留餘憾，不刻舂陵數首詩。

三月十五夜湘中見月

于役忽半年，孤懷寄歸艎。北來四十宿，今乃辭瘴鄉。地當衡永交，水派瀟合湘。明波蕩圓魄，春月如秋光。乾坤清氣中，草木流真香。翏翏風乍發，漫漫夜何長。遥聞漁父歌，鼓枻下滄浪。白鷗飛不到，江永烟蒼茫。

過郴江口有感于杜工部事

十載遊巴峽，三年客楚疆。青袍常避亂，白髮儼投荒。許國才難盡，憂時命不長。靴洲疑冢在，過者亦神傷。

望衡嶽

昔遊曾到長沙郡，三十七年今又來。夜向湘江聽雨過，曉從衡嶽見雲開。帆移九面鏡中轉，雁斷一行天際迴。欲著青鞵還自嘆，已無脚力上靈臺。徐靈期《南岳記》：「衡山者，朱陵之靈臺。」

渌口沽酒

沙灣小市柳毿毿，酃渌篘成味最甘。滿引一杯歌一曲，無邊春色洞庭南。

醴陵縣

長沙封壤盡，僻路極崎嶔。一水趨湘急，孤城入楚深。怪禽嗁少伴，斑竹泣成林。苦語騷人得，幾同木客吟。

前過常山玉山今過醴陵萍鄉四縣令同以一事去官偶紀之

朝廷惜民力，大事給郵符。朱邸徵求急，皇華道里紆。上官曾有檄，小吏似無辜。獲罪由腰笏，冤哉何易于。

自湘東驛遵陸至蘆溪〔一〕

黄花古渡接蘆溪，行過萍鄉路漸低。吠犬鳴鷄村遠近，乳鵝新鴨岸東西。絲纅細雨沾衣潤，刀剪良苗出水齊。猶與湖南風土近，春深無處不耕犁。

〔一〕「驛」，《原稿》作「馹」。

復入舟

天公假我一日晴，籃輿軋軋山中行。山行既盡復買棹，欹枕夜聞雷雨聲。諸灘暴漲波雪雪，人與鷗鳧互相雜。秀江橋外櫓枝柔，穩過袁州小三峽。牛欄、鍾山、昌山三峽在宜春、分宜兩縣界中。

盧肇宅在宜春城外今爲學宫石筍一株猶存相傳唐時故物也

舊聞盧氏宅，中有讀書臺。地以名流著，人探古蹟來。便應呼石丈，幸不中碑材。顏魯公事，見《歐陽四門集》。秀色如堪挹，摩挲一片苔。

分宜感事

曾從史館見長編，太息明朝嘉靖年。牛李恩仇初植黨，京攸父子互争權。東門牽犬情相似，西市駢梟世不憐。賸檢《鈐山籍官簿》，兩橋猶盗水衡錢。嚴氏父子敗後，有司籍其家，事見《鈐山籍官簿》中。當時于州縣城外造兩石橋，費各鉅萬，世蕃皆盗官錢爲之，鄉人不知，至今猶有稱道其事者。

清江道中

甘林百里夾清江，岸岸風來白雪香。何減浣花溪上路，人家多在果園坊。

重泊鉛山河口却寄施滹如

弱纜牽船與岸平，一支春漲轉山鳴。坐看片月流雲影，卧聽長風挾雨聲。此地故人曾有約，重來小吏最相輕。講堂不到吾滋愧，爲報新編志已成。去春，曾枉書幣邀余修《鵝湖書院志》，今屬稿粗就，施已内擢離任矣。

朱甥德璵出家爲僧法名某號渭宗今住沙溪静室舟經其處留詩一首

汝甥吾是舅，夙世世間緣。見面尚相識，出家今幾年。但能修苦行，不在學參禪。蚕晚黄梅雨，隨農且種田。

自題粤遊草後

其一

老夫不怕寒怕熱，冬月出門夏到家。輕負嶺南三百顆，此行剛看荔枝花。

其二

一日例吟詩一章，中間未覺應酬忙。無端來往萬餘里，題徧前賢謫宦鄉。

敬業堂集卷四十九

餘波詞上

余少不喜填詞。丁巳秋，朱竹垞表兄寄示《江湖載酒集》，偶效矉焉。已而偕從兄韜荒楚遊，舟中多暇，徧閲唐宋諸家集，始知詞出於詩，要歸於雅，遂稍稍究心。自己未迄癸亥，五年中得長短句凡百四十餘闋。甲子夏，攜至京師，就正於竹垞，留案頭，許加評定。旋失原藁，已四十年矣。曩刻拙集時，頗以爲闕事。雍正癸卯正月，忽從沈子房仲、楚望、椒園兄弟獲此抄本，故物復歸，殊出望外。昔人有悲墜履、哭亡簪者，玆集之失而復得，視敝履、著簪不又多乎哉！因取前後所作，編次爲二通，用少陵詩語題曰「餘波集」。仁和趙子意田爲補刊于詩後。初白翁手識，時年七十有四。

沁園春 寄徐初鄰金陵

鐵鎖消沉，江勢東來，直下金焦。想笛賽婆官，淒清舊步；鼓迎龍户，寂莫迴潮。啼殺棲鴉，滴殘晝漏，昨夢回頭覆鹿蕉。無多恨，最傷心兩字，怕説南朝。　水亭閒望勞勞。但春去春來急景銷。嘆廢寢壖垣，棠花漠漠；故家門第，燕羽飄飄。欲別誰留，欲歌誰和？細馬馱過皂莢橋。無人管，拚酒邊歸路，風墮鞭鞘。

金縷曲 送盛鶴江入都

酒罷昏星没。正春江、揚舲捩柁，曉程催即。十載誇張才人事，《香傳》《茶經》俱輯。詩草又新來成集。湖海名流徵欲起，賸吟窗、席冷無人奪。眉子研，且勤滌。　京華不少閒遊客。料紛紛、彈冠結襪，乘車戴笠。同學行藏都在眼，幾箇文章得力。悵生事、逡巡五十。誰信蘆溝橋上路，有布衣、障扇騎驢入。定那處，相逢揖。

滿庭芳 爲叔母葛夫人五十壽

耳厭笙歌，庭無鶴鹿，等閒甲子空徂。象牙齒冷，白髮蚤隨梳。三十年來舊事，傷心絶、人世全無。多付與，前塵小劫，彈指過須臾。　如今剛半百，長明燈下，勤禮文殊。幸添香掃榻，未要人扶。猶有高堂健在，依棲處、仍作兒呼。春風過，緑楊門巷，兩兩聽慈烏。

金縷曲 過家黃門伯如圃

明月湖誰賜？羨歸來、平分五畝，就鄰買地。洛社池亭平泉石，也要乘閒先置。問某水、某丘曾記。里巷不教車騎入，便近城、大得山林意。都寫向，畫圖裏。　小船撐過花邊市。甚當年、清絲豪竹，近來多廢。野鶴汀鷗閒門外，抵得署書幾字？笑行馬、郎君官貴。故客尚尋東閣去，愴霜天、白菊階墀閉。爭得似，陪公醉。

風流子 喜韜荒兄楚歸

村莊如畫裏，維舟了、微雨豆花秋。看楚俗攜來，人情籹粔，吴霜未老，鴈膳蘧蔬音求搜。茅齋下，瓦盆隨分設，烟火隔厨幽。有兔褐茶香，侍兒纖手，鵝黃酒熟，奴子平頭。　我歌兄按拍，行樂處、何似竹脆絲柔。才隔巷南巷北，別樣風流。問瑞草橋邊，誰貽紅帶？富春江上，自有羊裘。一任酒徒星散，去覓封侯。

雙雙燕 寄聲山姪

過荷風了，向羽扇蕉衫，小年偏永。青帘换苧，轉首凉秋鬢影。舊事有誰尋省。酒分與、詩緣俱冷。可因幸舍供魚，忘却鱸邊歸興？　引領。山田一頃。有被阪文瓜，交塍香穎。平生期許，不是不堪馳騁。且學蓬茅卧穩。算此處、原非捷徑。甚時撥櫂重過，話向竹窗烟暝。

金菊對芙蓉 西水吴氏故居

鳥啄風箏，蛇盤鬥栱，高下一帶樓臺。自綺羅叢散，瓊扇常開。晴攀翠竹題名滑，有幾個、過客多才。大都憐取，狂春柳絮，倦晝桃腮。　北園南埭東齋。看花磚經雨，塌盡莓苔。時有鄰娃貰酒，换得遺釵。眼前便是西泠路，春波外、行意徘徊。去年崔護，此門此日，生怕重來。

沁園春 淮郡主故苑

戚里繁華，貴主山莊，駙馬山亭。有記曲紅紅，歌珠串串；隔帷黑黑，絃索泠泠。曉宴催粧，夜遊傳蠟，長使行人駐足聽。滄桑後，問楊家田氏，幾主曾更？銅環不鎖嚴扃。漸拆盡、春山屈戍屏。但斷浦蜻蜓，飛來衣桁，空庭蝙蝠，掠過窗櫺。樹色濃枯，花陰疎密，幾處蒼蒼夕照青。休回首，料華林平樂，一概凋零。

前　調　薔薇

濃暖送寒，小雨捎晴，紅雲一欄。漸竹架欹來，柔陰嫋嫋；枳籬缺處，狂蔓看看。高似窺鄰，低還拂地，幾度牽人宛轉間。斜陽外，映淺深向背，巧逞朱顏。不禁刺弱枝繁。算欲折、還休好是難。便撲蝶花前，微揎羅袖，踏青階下，先護雲鬟。戀醉多情，與春無分，長是開時芳信闌。餘香好，把膽缾貯露，黄額輕彈。

前　調　送友人游洞庭山

藥裹一囊，釣綸一竿，清遊在兹。嘆越國浮家，今無高士；吴歌倚棹，誰譜新詞？壓擔書輕，扶頭酒重，過盡松陵知不知？垂虹畔，問楊郎鐵笛，可有人吹？粘天萬頃玻璃。只芥羽、中流點破之。正石尤風定，烟棲花隖；熟梅雨足，水到茶陂。朱橘論錢，黄柑佐釀，好在秋光指後期。歸颿便，乞玲瓏片石，與致茅茨。

滿庭芳 陳簡齋先生新葺閒園，隨黎洲黄夫子過訪留贈

結構初完，規模漸拓，春田又看成蹊。夜來好雨，洗盡種花泥。宛似元家上洞，鳴鳩外、麥浪吹畦。橋南北，傍籬壘石，緩步得攀躋。　渾迷。回櫂路，烟添柳潑，雲暖茶溪。正客來問字，主愛留題。任是游人小住，憑闌候、風信難齊。重過好，東園步屧，書籍記曾攜。

瑞鶴仙 秋柳

風情牽暫住。乍鷺老秋絲，一年好處。依稀想前度。爲憐伊腰瘦，不成遥妬。河橋古渡，冷蕭蕭、馬嘶人去。傍離亭、挽盡長條，夢繞江南舊路。　無數。凉蟬抱葉，雨燕辭梢，昏鴉匝樹。時光流轉，但暗裏，驚衰暮。被西風吹得，江潭摇落，不道樹猶如許。記濃陰、隔浦移舟，濛濛暖絮。

臺城路 秋聲

商飆瑟瑟凉生候，孤燈影摇窗户。堤柳行疎，井梧葉盡，添灑芭蕉片雨。纔聽又住。正澹

月朦朧，微雲來去。蕺蕺空廊，有人還傍繡簾語。多因枕上無寐，攙二十五更，殘點頻誤。響玉池邊，穿鍼樓畔，一派難分竹樹。零碪斷杵。更空外飛來，攪成淒楚。別樣關心，天涯驚倦旅。

金縷曲 送陳六謙謁選北上

身世看如此。笑怱怱、纔停歸檝，旋催行李。一領青衫氈樣重，塵土不堪重洗。況此去、復三千里。舊社鷄豚期且近，數同遊、何可無吾子。想別後，當然爾。故人誰續《藍田記》？便時時、哦詩松下，何妨公事。雙耳未聾丞不負，正好聽歌博醉。若行止、余皆無地。兩角耕牛容易辨，怕家人、催捉東山鼻。終擬索，長安米。

沁園春 友人邀余賦閨中雜事，分得三題。枕

刀尺親裁，裹束初成，吴綾蜀羅。想芙蓉新樣，粉嫌輕污；酴醾餘馥，氣愛輕呵。壓袖曾經，墮釵知否？未許輕移到錦窠。勾留處，較佳人雪腕，方便誰多。合歡光景些那。更不奈、春來獨自何。看碧流難浣，並頭留影；餘温猶印，半面成窩。熊取宜男，豹堪辟魅，不比銷魂寂寂過。相思恨，是爲君留下，長託微波。孟襄陽詩：「漸看春偪芙蓉枕。」楊誠齋詩：

「酴醾爲枕睡爲鄉。」李義山詩：「冰紋簟上琥珀枕，旁有墜釵金鳳翹。」《唐書・五行志》：「韋后妹爲豹頭枕以辟邪，伏熊枕以宜男。」李太白詩：「爲君留下相思枕。」「託微波」，借用宓妃留枕事。

前調 被

計幅裁量平，寬窄隨宜，温柔幾重。自金針縫罷，絲連錦段；瓊烟爇透，香護篘籠。泥我朝朝，伴他昔昔，軟愛裝綿煖愛烘。玲瓏裏，問凝脂團雪，可怕消融？　覆來青翰舟中。便甦繡、羞珠兩不同。有侍兒帖妥，曾鋪曾叠，添衣斟酌，經雨經風。欲起還遲，背人覓得，一角偷藏鳳味紅。尋思久，奈略回身處，好夢無蹤。劉孝威《謝賚錦被啓》：「鄂君甦繡，楚侍羞珠。」李義山詩：「青翰舟中有鄂君。」

前調 席

脉脉盈盈，軟勝桃枝，密于白藤。甚燕山飛下，詩才比雪；楚江攜到，夏簟分冰。薄取輕安，滑防新浴，傍枕依衾夜夜曾。憑纖藉，喜稱身熨貼，擁背親承。　小憐玉體横陳。料此外、嬌憨着意憎。問角展蘇薰，爲誰鋪襯；汗沾椰葉，幾度消凝。飛燕能輕，玉環能重，肥瘦虧他一一勝。抛人處、只蕉心半卷，不在多層。《尚書疏》：「篾席，桃竹枝席也。」白樂天詩：「六尺白藤床。」李太白詩：「燕山雪花大于席。」杜少陵詩：「恩分夏簟冰。」「蘇薰席」，見《唐書・地理志》。「椰葉席」，見《西京雜記》。

惜紅衣 金魚

瑶甕盛苗，銀床轉水，十分愛養。日日來看，問甚時纔長。紅鱗欲透，漸小隊、尾株分様。兩兩。净緑涵空，足庭階清賞。美人閒想，竹葉爲船，吹風戲來往。鏡光忽皺，牽動簷蛛網。恰是一羣驚避，没處幾痕圓浪。待縠紋旋細，又噞絲萍葉上。

海天闊處 螢

滿庭草色猶青，不知熠燿從何至。幽光明滅，隨風難定，乍飛還止。兩兩三三，離離合合，池邊林際。自隋宫散後，便成廢苑，再不見，繁華地。巧向輕羅扇底、逐佳人，映將綃綺。夜窗歸晚，紗燈滿貯，帳紋如水。月落香沉，流輝耿耿，一床秋思。好伴他簾外，疎星幾點，照儂無寐。

翠樓吟 蟬

密柳河橋，疎桐院落，陰陰幾處同起。身輕容易托，也還戀、故園清庇。蕭然高寄。奈未穩吟情，何來蜻臂。驚飛候，乍移別樹，殘聲猶曳。多事。慣攪閒眠，聽雨晴昏曉，更番到耳。日斜樓角外，草草又、催將秋意。風襟露思。訴不了清空，凉暄略記。且休把，冠緌鬢翼，依稀擬似。

眉嫵 新月

乍殘陽西斂，一鈎心字，蚤已挂林杪。影薄銀河澹，沉波處，水門未收晚釣。窺窗正好，被牆陰、强半遮了。素娥寡、不待及時鐘，斟酌畫眉蚤。一任淺顰相效。比五更東畔，別弄纖巧。肯落佳期後，團圓意、向前屈指應到。黄昏悄悄，可有人、下堦私禱？問裙帶吹風，消受拜兒多少。

多麗 詠水面木芙蓉花

笄秋容，佳處偏宜映帶。恍移在、滕家圖上，涉江正好采采。憶宿粧、水殿醒時，是徐孃、老去姿態。粉鏡初收，銀蟾欲瀉，池光冷暗銷螺黛。誰憐取、浮紅漂白，長逐鴛鴦隊。湘君遠，未應遺却，雲裳霜珮。渾不管、搴芳舊侶，經營一笑難再。倚西風、自傷遲暮，木末含情更何待。脉脉遥望，依依莫戀，憑渠流向煙波外。便從此、東西飄泊，打併團圞在。差勝似、落瓣船頭，花花相背。

綺羅香 橙

翠淺疑流，黄嬌欲滴，屢報新霜番次。顆顆低垂，葉底微窺密刺。記小庭、細雨初移，是籬落、年時秋尾。似蓬萊，金醴嫌酸，清泉簌簌已流齒。　　憑闌幾遍細數，自攀條摘後，枝頭剩幾。佳客重來，取給猶煩一二。擣金虀、風味攢眉，散緑霧、清香繞指。乞人前，橘樣偷藏，團圞懷袖裏。杜少陵詩：「細雨欲移橙。」陸魯望詩自注：「蓬萊公以金醴四升待主簿，主簿嫌其味酸。」《魏王花木志》有給客橙。文與可《金橙徑》詩：「小船燒薤擣香虀。」蘇東坡詩：「使君風味好攢眉。」

白苧 不見陳撝謙一年有餘，填此寄之

小春前、重九後，風光如此。渾無聊賴，獨客坐傷往事。恁匆匆、緑醪銀榼歡呼地。只隔一重城，似隔了，千山千水。向來酒伴，零落而今餘幾。問眼中，有誰跌宕如吾子？　　猶記。紅牙按曲，素手捱箏，艤船波蕩，同過娉婷小市。便許我重來，怕添顛頷。歌筵側畔，好先安筆研，待題詩尾。却蚤暗風，催轉庭梅，一梢偷試。屈指前期，漸及燒燈矣。「娉婷市」，五代時鍾傳侍兒所居。

臺城路 寄題初鄰水亭

兩湖千頃菱花白，卷簾漲痕微退。蓼岸烟輕，蘆村霧重，相望渾如天外。雲山一帶。笄城北城南，故人都在。釣具詩筒，鷗邊穩棹並誰載。　三間料合開閉。向東西南北，生事頻悔。歸橐長楊，遊蹤漸近，此段妻兒應怪。前期不礙。有蒓擔挑鱸，緯蕭攔蟹。秋雨濛濛，重來聽欸乃。

惜餘春慢 王桐村新葺小軒，索題句

堂笏猶存，檐牙未落，佳處略煩結搆。移將鷄柵，掃却蟲窠，頓覺規模非舊。花外清陰，又添竹補三竿，弓開一肘。喜南榮北檻，絶無塵到，坐消閒晝。　真不礙、野老墻低，書聲出屋，兒比王商能秀。水門繫艇，兩兩歡迎，開徑頻來社友。我欲從君卜鄰，初念逡巡，甚時始就。但等閒荒了，先廬不願，諸甥似舅。

百字令 壽張魯白

年年相見，認黃山一叟，雨襟風帽。梳掌摩挲雙鬢改，髮短不勝簪導。病未抛詩，貧偏愛客，此品今來少。莎廳竹徑，自攜敝帚勤掃。　不是不想田廬，夢歸路斷，恨終身難了。況乃迎門無稚子，執研星星又小。溪友留魚，園官送菜，只合他鄉老。舉觴相屬，期君同拾瑶草。

臺城路 九日同人小飲和朱日觀

莧烟藥市門開處，秋潮乍通村舍。竹葉灣東，菖蒲港北，好友特煩枉駕。微霜昨夜。正紅啓榴房，翠除瓜架。一笑相看，風前烏帽並時卸。　年年索郎高會。多情懷酒伴，長在籬下。桂板催詩，柳圈祓禊，總付漁樵閒話。重尋舊社。笑如此江山，登臨多暇。後約蒼茫，菊枝聊滿把。

邁陂塘 送韜荒兄往白下，時余方計楚游，兼訂偕行之約

計郵籤、苕苕幾驛，長亭七十有五。杉青牐外揮盃別，一片繁笳疊鼓。投贈句。恨不滿、緑波碧草江郎賦。杳無重數。向紅板橋頭，青楊巷口，都是黯然處。　應悵望，舊日杏花春雨。重來雙燕曾誤。莫愁艇子空城畔，潮落潮生如故。邀笛步。好借取、半帆風色先期赴。逡巡且住。待結束遊裝，明年相趁，共聽鷓鴣去。

八歸 送燕

曾棲幕上，暫依宇下，弱羽處處堪寄。翩然便欲辭巢去，似怕尋常巷陌，再到難記。還細踏簾鈎認取，又相對呢喃未已。徘徊意、應惜茆堂，此後整長閉。　抵得江南一度，雪程風驛，草草詩人下第。春來且住，秋來且别，身世誰非旅邸。笑行藏未穩，與爾飄飄定何異。知明歲、花濃柳澹，社日前頭，主人歸也未？詩人下第，用章孝標賦《歸燕》事。少陵詩：「請看處處巢君屋，何異飄飄託此身。」

玉蝴蝶 雪

聽到五更風息，幢幢燈影，愁度長宵。曙色飛來，銀海翻動銀濤。鏡光融、拂花還起，研冰薄、呵氣旋消。任兒曹。團獅作戲，愛竹頻摇。　蕭騷。荒村南北，數家煙火，迷了漁樵。野闊天低，絶無人跡過溪橋。草堂清、梅魂欲斷，江市遠、酒價應高。待招邀。晴邊蠟屐，踏破瓊瑶。

望湘人 寄季叔楚署

便鄉音無改，簿領垂衰，星霜兩地頻換。遠信難真，孤飛易倦。惱殺衡陽少鴈。僕射洲空，夫人城老，落帆幾片。自峨眉、冰雪崢嶸，眄到蜀江春暖。　旅食舉家未免。只龍陽難辨，木奴千絹。問湖北湖南，米價新來貴賤。楚船青雀，吴船赤馬，一水籤程好筭。得歸來、尚有田園，不愧詩家素滻。

鳳池吟 上元村居

陰過新年，寒餘舊臘，時序取次侵淩。漸人家門巷，紫姑神降，閒卜豐登。柳又誇腰，東風拂檻弱難勝。水村烟市，一番晴意，融盡殘冰。　城中父老歸晚，說曉來微雨，不礙張燈。笑亂餘景物，昇平故事，小縣還仍。可惜溪橋，梅花無主月空凝。黃昏淺，料玉龍、哀怨難憑。

臨江仙 北山寓樓與宋梅知夜話

霜雪長途君勸矣，遠遊吾計怱怱。兩萍浮海偶相逢。茶烟禪榻，行復幾時同。　漏轉城頭春夜永，小樓缺月疎桐。燈花何喜也能紅。亂鴉棲後，數盡北征鴻。

瑞鶴仙影 客舍咏燈花

一枝鮮潤，蘭膏裏、蠅頭紅蕊初著。戀他短檠，愔愔不動，爲誰的爍。蘆簾紙閣。聽不了、風鈴風鐸。問何如，高燒銀燭，箏柱輥絃索。方便煩憐取，欲剔還停，任教開落。不如儂意，只尋常、照人淹泊。遠信無憑，浪傳與、屋頭雙鵲。趁沈沈細雨，春夜動春酌。

八歸 寒食塘西道中，與張介山别

梨粧欲試，杏泥未和，芳訊饒半落後。踏青共指長橋路，且喜討春舊伴，近鄰都有。籬落青旗書字大，笑村店家家誇酒。好趁取、水泛苕西，天氣弄晴候。遥想會城此夕，花游一曲，多少行人回首。湖船猶冷，風前雨外，燕子未知歸否？漸南程催赴，勝賞幽期惜分手。知甚日、粥香餳白，散了新烟，重來看插柳。

減蘭 己未四月别家作

仲弟

父書盈篋。手澤猶新何忍讀。也要頻開。卷帙須防飽蠹來。阿奴碌碌，門户全生難免俗。莫便如儂。氣沮妻孥八口中。

三四兩弟

依依弱弟。歷齒垂髫憐叔季。孟去天涯。仲氏殷勤即汝師。小時了了。滿望長成頭角好。玉樹庭階。添取新陰待我回。

小妹

再三憐汝。蚤歲無娘今喪父。慚媿稱兄。忍聽閨中夜哭聲。練裳竹笥。量力行看他日事。此别經年。慰藉飄零仗嫂賢。

內子

臼邊相杵。我爲長貧還累汝。催上鳴機，又替征夫製夾衣。蹉跎生計。浪走風塵非本意。不爲封侯。怕被人呼馬少游。

庚兒

明年十二。典謁可能陪客位。嬾惰無端。失學從渠正可憐。文章何用。却望家風留句誦。勿更嬌癡。夜枕晨餐侍母慈。

老僕

多年隨我。戀主青猿情亦頗。卧犬籬根。也似痴頑免應門。閒中日課。掃地澆花無不可。留片蒼苔。莫被羊牛踐踏來。

臺城路

初有江漢之役，朱日觀、王子穎、桐村、祝豹臣、家西𡶶叔、德尹弟、眉山姪追送於朱與三表兄村莊，席上賦別

無端遥指西南路，驪歌棹歌難理。萬里瀟湘，何涓一夕，説甚才情綺麗。萍蹤如寄。望楚尾吴頭，浪花無際。屢改行期，多應依戀爲知己。銅盤燭黄初膩。乍杯闌氣熱，合座成醉。殘月流空，曉星當户，一片離愁頓起。天涯情味。算只有清風，故人相似。遠信毋忘，時時煩附鯉。

木蘭花慢

端陽前二日，程禹聲、徐淮江餞飲南湖舟次，兼酬別俞右吉先生

迤迤生浪態，明鏡裏，寫樓臺。正競渡中流，綵旗颭灧，畫鼓喧豗。離筵恰逢此節，愛登柈、鄉味近黄梅。白白王餘入饌，青青昌歜浮杯。　碧苔。㠾楮親裁。句好勝金釵。時欲邀妓不果。道擊楫舟中，彈箏車上，猶有人才。旁觀定應見哂，感先生、勸我盡餘醅。京口

且乘潮去，武昌曾爲魚來。

臨江仙 平望驛

兩岸菰蒲聞笑語，人家只隔輕烟。銀魚曉市上來鮮。一湖鶯脰水，雙櫂燕梢船。　屈指郵亭剛第一，眼中長路三千。南風吹夢到江天。故鄉桑苧外，無此好山川。

朝中措 夜遊虎丘

笙歌十里過山塘。到寺已昏黄。客散當壚酒冷，僧歸别院茶香。　一奩止水，一堆講石，幾轉迴廊。及取無多清景，獨吟獨步何妨。

百字令 楓橋夜泊

帆檣隱隱，背孤城、家指青山一髮。樓櫓亭臺都過盡，離了烟窗霧窟。漁笛蕢洲，樵歌葦岸，雲吐初弦月。橋邊弭棹，愛他風氣清越。　猶是夜半鐘聲，今來古往，過耳成飄忽。可惜閒吟佳句少，辜負青鞵布襪。獨壘吹笳，斜塘擊㯶，草草催明發。照人無寐，螢光幾點出没。

宴清都 過無錫，風便不及泊。遥望九龍，在蒼翠間。向鄰舟分得山泉半瓶，烹茶破睡

陸羽《經》猶記。數水品、江南曾占第二。濃翠堆鬟，空青抹黛，濛濛雲氣。好風吹送吴船，甚失却、登臨勝地。聽杳杳、幾杵疎鐘，烟林正擁山寺。　百弓割片茶園，生涯飄泊，談何容易。銀瓶金井，夢中空想，轆轤聲起。五湖者番遊興，賴吹火、烹泉有此。把宜壺、净洗供春，絶勝吴家買婢。供春，吴頤山婢名，始製宜興茶壺。俗以爲「龔春」者，訛。

玉漏遲 夜過毘陵

微凉乘小雨。朦朧殘照，尚含輕霧。楊柳風多，新月又生南浦。正是落潮時候，有人在、沙頭摇艣。相傍去，鄉音互荅，愛聞吴語。　已過七里郊坰，聽茅店呼燈，漁梁争渡。去江漸近，警急猶傳列戍。欲問隋家故苑，知十六離宫何處？城外路，黄昏角聲如訴。

殢人嬌 丹陽道上

鴨嘴咿嘔，羊頭轣轆，人道是、朱方古陸。黄泥幾坂，清流幾曲。烟起處、更添幾椽茆屋。　地少江南，雲寬江北，眄不到、長天遐目。官田放馬，民田放犢。願微雨、村村稻

鹹抽緑。

水龍吟登北固山

岷峨雪水消來，洪濤萬里從東注。蒜山擁髻，瓜州曳帶，遥遥江步。滿眼興亡，季奴草長，人來古渡。看南帆出口，城頭蘆管，盡飄向、揚州去。　泥馬當年半壁，更誰暇、倉皇北顧。錦袍繡甲，英雄事業，却輸兒女。夾岸黄塵，滿瓶名酒，中流畫鼓。到而今、贏得登臨悵望，渺平沙樹。

滿江紅京口曉發，夜泊觀音門外

空闊江天，到此地、覺吾身小。寄身外，蕭然一笠，飄然一櫂。鐵瓮城高鐃吹動，金山寺近鐘鳴蚤。把滿壺、細酒京口酒名。酹波臣，開懷抱。　日上處，東方曉。帆挂候，西風飽。儘迢迢極望，白門斜照。兩岸山移倒退馬，千層浪逐前飛鳥。比下灘、出峽順流船，兼程到。

永遇樂燕子磯同韜荒兄觀劇

陡起千尋，嶙峋突兀，濤舂萬古。晚景融怡，艑郎却指，日落波平處。蘆洲一帶，柳堤數折，人與鳧鷗並住。還怕向、絶頂憑凌，沈沈愁滿烟霧。　隔船遥聽，哀絲豪竹，月影朧朧輕護。村落難尋，微風吹遞，近轉磯頭路。開元弟子，郭郎賀老，剩想衣冠南渡。也抵得，商女歌殘，淒涼《玉樹》。

解連環　訪周雪客於汝南灣，不值

大功坊下。喚涼篷艇子，撑入圖畫。過水亭、面面扶欄，想人隔荷風，坐消長夏。楊柳灣洄，問徧了、三兩鄰亞。道水西門外，載酒載花，别築亭榭。　當時櫟園官罷。便手掃棠陰，自闢精舍。愛儒雅、又到諸郎，算裙屐風流，肯輸王謝。舊熟才名，何必更，十年同社。還只恐、吟成《白雪》，調高和寡。

滿江紅　輓胡二寄先生

蕭瑟崢嶸，先君子、舊曾遊地。腸斷是、麻衣入拜，繐帷仍几。出《周禮疏》。九土難埋漂泊恨，一棺竟蓋飛揚氣。問茫茫、七十五年來，天何意。　亡國夢，秦淮水。《懷舊賦》，山陽里。甚後生前輩，無情有淚？對此江山堪一慟，如先生者今餘幾！但陶家、門外白楊風，蕭蕭起。

前　調 胡震生索贈

白鷺洲前，芳草展、滿灘新緑。舊來是、南康幾葉，一枝片玉。手種東陵瓜五色，眼看度索桃三熟。嘆過江、人物柳吹綿，飛相逐。　兒女怨，《清溪曲》。男子恨，新亭哭。剩困劒膽，酒邊棖觸。八十高堂行尚健，六千君子今誰屬？指長江、如練去吞天，鍾山麓。

渡江雲 蔡璣先、鉉升兄弟招，同王璞菴、胡震生泛舟秦淮，席上分調

人家垂柳亞，水蕻花放，簾卷落潮天。岸容隨棹轉，碧檻紅闌，佳處互洄沿。時光縱好，奈撩人、滿目山川。把一幅、烏絲欄展，同寫入新篇。　尊前。故鄉在望，七十長亭，問離觴幾遍。還又傍、荷陰擘藕，葉外聞蟬。斜陽帽影微風袖，知後期、更落誰邊？欲別也，河梁錦纜重牽。

邁陂塘 飲胡星卿先生白鷺洲荷亭上

繞名園、渟泓渌浄，白蓮鏡裏開合。檀橋西岸清無暑，迎面香來恰恰。烟景豁。望不盡、城端山色林梢塔。移來小榼。喜蘿薜侵衣，葫蘆貯酒，觴政罷秦法。　渾忘却，舊日朱

門邸閣。沙田十畝環匝。柴籬近與鄰翁接，鷗鷺馴如鵝鴨。泥滑滑。任急雨、催詩飛去無多霎。芒鞵醉踏。正蓼外潮平，花西月到，歸路聽鞳鞈。

安公子題余鴻客杏花村居，是日品茶而不鬥酒，填詞紀之

幽絶城南墅。女牆一曲當環堵。門外緑陰，陰乍合、啼鶯選樹。障扇驅塵，剥啄尋常去。爲新茶、偶爾留人住。正小年平半，日影婆娑停午。少日誇豪舉。近來好事猶如故。無酒須酤，也不費、茅容鷄黍。直愛君貧，雜坐忘賓主。借玉川、七椀爲談麈。看清風出屋，洒作竹梢涼雨。

應天長蔡龍文招同方邵村侍御、吴待觀孝廉、胡震生、王璞菴、家韜荒集懶園，席上分調，兼示令季五玉

舊時歌管地。想丘壑閒情，謝傅曾寄。江左風流，曷末封胡又起。百年花木秀，數不到、《平泉》小記。筭只有、桐梓樊家，芝蘭袁氏。羨爾好兄弟。問第五名高，何如驃騎？永日碁聲，翻盡楸枰餘勢。便長安似此，但對酒、厭談時事。既醉也、畫舫斜陽，柳邊還檥。

八聲甘州 送王璞菴入山左戎幕

怪相逢何晚，又蒼茫、千里動離愁。聽一聲畫角，滿城落日，客散江頭。杳杳天低鶻没，西北是青州。淮水新來淺，馬渡中流。見説舊年山左，正塵荒古驛，草占平疇。喜傳來好語，五月麥先秋。若天心、肯憐赤子，且從他、賣劒買耕牛。官居暇，劉郎雄概，好卧高樓。

樓中天 發金陵，王汾仲、胡震生追送于江干，留此志别

揚舲欲渡，正旲天六月，江流怒漲。昨夜酒醒今日别，起唤炎風五兩。潮嚙空洲，雨來高岸，一片蒹葭響。山川如畫，殘樽重此相向。可奈芳草東西，浮雲南北，去住都無狀。珍重臨岐留款語，只要毋忘疇曩。知有前期，難分此夕，遮莫勞長想。有書好附，紅鱗白鴈還往。

滿江紅 野泊即目

牛渚西來，三十里、平蕪極目。趁幾箇、舸艚相約，剪江同宿。沙際罾閒窺白鷺，槐陰篷晚

歸黄犢。喜無名、小聚自成村，清流曲。　籬缺處，門栽竹。烟起處，蘆編屋。早映檐一帶，野田新緑。微雨去添峰頂翠，好風來皺波紋縠。更依依、飛鳥帶斜陽，投姑熟。

蕎山溪 天門山又名蛾眉山

曉江寫鏡，兩道蛾眉展。别浦翠生烟，與染就、黛螺深淺。三竿日上，宿霧欲消時，風力軟。遠帆移，百里看猶見。　當年太白，傑句曾傳徧。氣象吐長虹，最好是、天門中斷。眼前光景，同此一經過，問作者，更誰與，俯仰才何限？

浪淘沙 繁昌舊縣

略彴傍蒼葭。酒旆夭斜。縣南風色野人家。黄石堆牆茅當瓦，還占平沙。　烟外曉程賒。去去天涯。嚴城何處不吹笳。恰似廢池喬木畔，一一啼鴉。

碧芙蓉 望九華山

參參伍伍，倚翠屏千仞，芙蓉碧聚。微陽初逗，幾峰見日，幾峰還雨。浮嵐擁靄，青不斷，池陽路。乍前頭、秀偪人來，被長風、猛送帆去。　擬向遥空攬取。把玲瓏，一壺貯。

怕仙人掌上，九女鬟輕，幻成烟霧。讀罷青蓮句，問東道、今誰爲主？捹盡日、閒倚船窗，舉頭數了重數。「九華今在一壺中」，「白雲穿透碧玲瓏」，皆蘇東坡句。王介甫《望九華》詩：「峨然九女鬟，争出一鏡奩。」李太白《望九華贈韋仲堪》詩：「君爲東道主，于此卧雲松。」

南　浦皖口舟中

吴楚此分疆，瀉中江、直到長風沙觜。潮滿浸青山，澄如練、隱隱魚龍欲起。南城飲馬，北城吹角蒼煙裏。萬井樓臺連埤堄，俯瞰渾疑無地。霞標古塔層層，控巖關、閲盡舳艫千尾。美滿挂帆風，朝來便、又送遊人過此。湘天尚遠，亂雲生處浮濃翠。喜近大雷西岸望，一點小孤如髻。

點絳唇雨後泊李陽湖

晶晶空江，釣絲風起漁灣暮。春鋤飛去。幾點沙頭雨。　過盡輕雲，忽見晴霞吐。垂楊渡。亂峰缺處。回首來時路。

燕山亭月下聽鄰舟彈琵琶

水闊山長，二十五絃，清怨不勝迭奏。何處飛來，一派秋聲，颯颯驚沙洒袖。唤起愁心，向曲浦、移船相就。還又。問截取曹綱，是誰妙手？　忽然裂帛聲終，正雨止風收，碧天如畫。月絚漸滿，漏箭頻催，人間幾人回首。楓葉蘆花，便比似、潯陽江口。邂逅。傍若箇，迴燈添酒。

長亭怨慢過湖口，追答俞大文兄弟

論要害、西南鎖鑰。萬馬奔騰，雙鐘噴薄。湖波橫截，孤城勒住、亂山脚。烟消日落，倒影動、千家郭。下有一雙魚，曾傳與、故人夙約。　寂莫。嘆我經此地，恰值機雲入洛。閒尋遊跡，空悵望、幾重雲幕。把兩年、別裏新詞，半題在、江聲小閣。待掃壁來看，應憶南飛烏鵲。

渡江雲六月十五夜，同韜兄琵琶亭對月，沽酒不可得，填此解嘲

烟波三十宿，一輪鄉月，兩度向人圓。洞庭西上路，弱柳江頭，旋換白門船。天涯淪落，泣青衫、司馬誰邊？漫留得、琵琶亭古，冷落四條絃。　依然。流分九派，劍指雙峰，嘆荒凉滿眼。便擬博、兄酬弟勸，醉也無緣。前生定入東林社，知後期、重結何年。征夢闊，白雲回首江天。

長亭怨慢 武昌縣西道士洑，亦名西塞山。絶壁臨江，上有張志和祠。按西塞山在吴興。《唐書》：張志和，金華人。顔真卿守湖州時，志和來謁，願浮家泛宅，往來苕、霅間。踪跡未嘗入楚也。陸放翁《入蜀記》云即玄真子《漁父詞》云云者，第未詳考耳

浮空欲翥，翠色移來，正扁舟剪渡。一峰忽轉，黄冠形狀，迎人似俯。殘霞紅斂，送幾點、神鴉飛去。指前頭、隱隱孤城，已辨黄州烟樹。　磯邊小作遲留，向香火荒祠，笑問漁父。鱖魚肥美，笋只在苕霅，溪山深處。生前好事，多著了、清吟幾句。又分得、西塞山前，别派斜風細雨。

臨江仙 漢陽立秋

楸葉剪花桐落子，半年節物旋更。湘裙紅映漢江清。擣衣人去，浦口暗潮生。　斗柄西回天在水，家家暑退凉輕。數聲促織近窗鳴。二更月落，燈火已多情。

河瀆神 桃花夫人廟

霸國好山川。夕陽平楚蒼然。洞門王象閉嬋娟。露桃開謝年年。　至竟息亡緣底

事？花並樓中人墜。千古消魂都似此。細腰宫又何地？

驀山溪 玉沙署庭有菊數本，課僕除草，編籬以護之，亦知花時未必留賞，聊以習奴輩之勤爾

階除荒菊，刈草還成圃。天意却如人，便添洒、夜來疎雨。竹闌干外，翠色曉葱蘢，秋未老，露初濃，誰識栽培苦。　年年九日，籬下曾期汝。抛却故園叢，又坐閲、歲時荆楚。西風有信，獨客去無程，霜降後、鴈來時，自有黄花主。

虞美人

乍凉天氣清于水。漸近中秋矣。玉鈎素手兩纖纖。指與畫樓西角月初三。　王昌只在牆東住。消息憑何處？半年清夢落天涯。今夜一燈明滅忽思家。

臺城路 自到江陵，三得王桐村書，感其勤惓之意，填此奉答

來鴻去燕綿綿路，驚心二三千里。骨肉無多，平安却賴，六六紅鱗頻寄。吴霜初試。想橘瓣分苞，蟹螯斷跪。䆉稏村邊，柴門相望老兄弟。謂子穎。　登高却當此際。長江遥極目，何限雲水。沙市留詩，旗亭畫壁，誰管渚宫故事。蘆花風起。正鼓瑟人來，數峰銜翠。

渺渺知音，滿懷空憶子。

前　調 妓席作

犀帷乍卷佳人出，夜堂静愔愔地。兩板紅牙，一枝清笛，傍有盧郎偷倚。歌頭酒尾。漫博得當筵，厭厭微醉。爾許風流，烟花南部興聊寄。　座中年少凡幾。是誰先感嘆，家隔千里。珠箔飄燈，紅筵奪目，惱亂江東蕩子。天涯失意。倩半幅羅巾，揾將清淚。檐雨瀟瀟，曲終更漏起。

賀新凉 秋晚獨上荆州城樓

飛過蠻天雨。背孤城、夕陽西下，大江東去。虎渡龍洲依然在，長是馬嘶日暮。有獨客、登樓懷古。豚犬英雄都不問，問成名孺子今何處？秋太晚，散砧杵。　山川洵美非吾土。向江陵、裌衣催换，一番寒暑。翠冷紅酣微霜後，變了荆門烟樹。且目送、邊鴻南度。隔岸殘雲流欲盡，指空濛、下是衡陽路。愁浩浩，共誰語？

氐州第一 與韜兄江陵分手，久不得武陵消息，近傳已赴南昌幕府，因便寄懷

木末霜催，風信乍緊，龍山別酒曾勸。路指桃源，小船壓浪，安穩過湖眠飯。峒户熢烟滿，底處覓、秦人鷄犬。譜首新詞，《竹枝》聲裏，蠻謳倘變。　客况蹉跎秋晼晚。盼消息、魚沈素斷。聞説東游，滕王閣下，趁一帆風便。念孤飛、何日到，參差翼、江湖定倦。應記蘆花，舊時羣、有襯字。爐峰小鴈。「小鴈過爐峰」，李長吉《寄小季》詩中句。

木蘭花慢 雪後再登龍山落帽臺

暴晴冬候變，晨旭暖，凍痕開。趁雪洗荒郊，馬蹄躞蹀，不起纖埃。前遊菊枝初綻，又蜀江寒碧接天迴。遠客豈期再到，閒僧及記曾來。　生涯落拓情懷。餘悵望，費徘徊。諒戎服參軍，旁人應笑，知己猶猜。風前偶然落帽，也何妨借酒寓恢諧。便作此鄉故事，一堆土阜名臺。

夢橫塘 題城南田老齋壁

鵲巢門巷，老樹低牆，映簷一帶城雉。三逕頻開，俗士駕、尋常不至。雕斛栽花，瓷盆養

石，滿欄蒼翠。愛微霜初度，濃日猶温，都未有、殘冬意。　楚南風物無多，剩何參老去，能談往事。清景依然，只難得、閒人如爾。擬約箇、酒徒再到，想見梅邊雪翻蕊。洗研求題，嘗茶看畫，與重揩棐几。

拜星月慢 夜渡荆江，時官軍初下湖南

霜壓疏篷，水銜柔艣，虎渡晚來催唤。刀尺寒衣，急砧聲不斷。孤帆色、漸入西南天地，背指江橋酒幔。第一籤程，報公安小縣。　記今宵、旅宿辭津館。清無寐、勸枕惟長歎。幾番起視婁氏，泛中流纔半。漸微茫、月墮楊潭岸。湖天闊，燐火如星燦。又依依、移過前灘，起一行驚鴈。楊潭岸在荆江，見《岳陽風土記》。

驀山溪 冬杪罾市道中

冰開平澧，輕浪參差起。樹杪一峰晴，映極浦、蒼烟小市。長竿曬網，畫裏著漁舠，風漧處、雪消時，好景江南似。　亂餘雲物，不料還留此。過眼惜匆匆，指前路、又侵亭燧。時聞禁旅尚駐辰州。白雲回首，家在五湖東，湘渚鴈，洞庭魚，會我南遊意。

齊天樂 庚申武陵立春

緑蘋兩岸晴光轉，關心乍聞綿羽。樹掩鑾旗，草迎塞馬，冷落滿城簫鼓。寒梅未吐。被横管聲聲，催開最苦。南陌東郊，有誰結伴討春去。當時賓客遊處。蒼苔閒尋徧，猶記題句。野竹遮鄰，山茶出屋，此景眼前非故。蕭條如許。賸鷗鳥灣洄，幾家還住。及泛扁舟，水生挑菜渚。

前調 元夕

春來天氣不長好，已經幾番風雨。柳態將絲，燒痕猶黑，未辨青鞋遊具。良宵三五。對燭影摇紅，缸花細吐。遥憶家園，隔年燈下小兒女。當時舊踏歌路。聽十番大小，拍徧南部。村酒柔情，鄰姬索笑，都是夢曾遊處。楚南風土。但月黑軍城，棲烏匝樹。還有樓頭，鼕鼕傳漏鼓。

徵招 得外舅陸先生都下書

陂湖萬古浮烟地，光風這回流轉。碧水上頳魚，迨春冰初泮。殷勤傳信到，喜白髮、加餐猶健。勝友題襟，舊交結襪，歸期荏苒。　應念楚天遥，開緘處、人在洞庭西岸。鄉思與離愁，縱急觴難緩。我來幕下，翁留輦下，總非始願。幾時共，情話田園，對窗燈一盞。

邁陂塘得盛鶴江書，兼寄文可上人

憶離筵、緑醪紅燭，黄頭入饌新餍。滿湖烟月歸人醉，催解荷陰弱纜。波瀲灩。筭食宿、程遥多傍沙頭店。長魚似劒，每對了南烹，便思鄉味，此意肯忘塹。　誰更念，青草瘴生寒斂。蠻禽啼近山檻。傳來懷袖加餐字，慰我萍漂梗泛。差不憾，想還往、風流二老年來占。紗幮竹簟。問醉裏逃禪，吟邊聯社，别後興增減。

珍珠簾早春寄弟

何心遂作周南客。煞等閒、暗把年光抛擲。路已茗茗，況阻湘帆楚驛。笛裏梅花飄欲盡，最難禁、冷猿濕雪。脉脉。正黄昏愁坐，一番憶别。　咫尺。家山不隔。喜池塘佳夢，來依今夕。南畝共巾車，向草烟牛跡。到此始知田舍好，悔鞍馬、江關跋涉。役役。笑逡巡歸計，幾時纔决。

朗州慢

余來武陵，當兵燹之際，觸目荒凉，遡劉賓客之舊遊，悽愴憑弔，與姜白石追思小杜，寄慨略同。因和其自度《揚州慢》一闋以見意。用其韻而易其名，亦猶《春霽》《秋霽》之不改調云爾

屈子亭荒，隱侯臺廢，沅江苦霧難晴。聽鷓鴣叫處，又春水初生。問仙路、紅霞遠近，匆匆花事，愁滿刀兵。但烟扶殘柳，馬鞭青入空城。　風流司馬，向詩篇、都寄閒情。有曲度南音，《采菱》歸晚，白馬湖平。併入《竹枝》歌裏，遊人去，流盡灘聲。念劉郎前度，也如杜牧三生。招屈亭、隱侯臺，見劉集中，《采菱曲》、《竹枝詞》，皆其在朗州時所作。

武陵春

泛小舟渡沅江尋梅

城外清江江外草，草色已迎船。人在煙波擲靄閒。渡口夕陽山。　隔岸酒帘招我去，春意在漁灣。醉插江梅帽影偏。攜得一枝還。

木蘭花慢

季叔將往辰州，以佩刀奉别

書生緣底事，都草草，學戎裝。望盤瓠城南，馬頭塵起，邊日無光。舊來横磨一劍，知爲誰

拂拭爲誰藏？縱使長騰紫炁，肯教輕露寒芒。　臨岐把贈意偏長。對此兩茫茫。悵鋏底歌殘，環邊約負，人老蠻鄉。家園五千里外，好換牛買犢返耕桑。留向鷄豚春社，恢諧割肉何妨。

昭君怨 江樓偶題

風去波紋簇簇。嫩柳嬌鴉新浴。樓外晚晴天。好山川。　一派空濛影裏。漁唱乍沈還起。歸興滿江湖。得歸無？

鬥百草 上巳武陵西郊閒游，有懷東亭、又微、聲山諸弟姪

甲子冥冥，半春飄雨無人管。及取新晴，裌衣襵叠，一領輕衫催换。小城西、有柳罥漁罾，水平花堰。正馬渡中流，鳧汀嫩緑，鷗波清軟。　猶記杯浮曲渚，草踏斜川，幾處追遊約吟伴。去每攜衾，來多聯袂，向斜陽、參差影亂。如今但、薺合沙田人不見。湖南岸。對桃開、俄驚春晚。

掃花游清明後一日再游杼山，與山學禪師茶話

去城不遠，被野趣招人，路迴峰起。幾家桃李。並隔花婭姹，高鬟相倚。弄袖風來，好片踏青天氣。筭多是，夢後韶光，眼前詩意。遥指方外地。有白髮閒僧，蕭然孤寄。前遊省記。正殘燈急雪，梅粧初試。轉眼春深，又和葉摘將青子。茶烟裏，聽鐘聲、再尋山寺。

邁陂塘送楊粲英往湘潭

乍雲開、琵琶峰頂，撲人嵐氣濃暖。桃花水汎清明後，翠轉湘帆一面。風色便。指六六蒼灣，突過川程半。新烟兩岸，喜鮭菜旋通，舟車不隔，行子望江縣。封侯事，三載未酬初願。却從鬧處閒看。山川洵美非吾土，贏得將軍善飯。君莫嘆。漸髀肉生來，雙掌摩挲徧。長沙米賤。好壓取歸航，擣香炊玉，爾汝互相勸。

南浦次張玉田春水韵

風澹日濃時，寫渟泓、映徹鏡奩春曉。含意待流紅，挼藍淨、一抹沙痕輕掃。浮萍開處，依

依傍母鳧雛小。遠浦柳陰魚欲上，已接船頭芳草。殷勤流下三湘，倩并刀、與把半江剪了。汀瀅小灣洄，苔猶濕、想有湔裙人到。閒情深淺，舊聲舊耳聽來悄。試問西陵橋畔路，知遊舫新裝多少？

氐州第一 立夏

風雨蠻天，節候無準，熟衣重御初夏。燕未將雛，鶯初喚侶，何處故王臺榭。好景難抛也，第一是、橋邊柳下。幾顆朱櫻，半甌紫筍，客中瀟灑。　見説耕犂行已駕。乍添種、離離桑柘。近水人家，舍南舍北，正蚤蠶浴罷。想一聲、啼鴂到，茅檐外、薔薇應謝。計日晴邊，緑陰成、重來繫馬。

安公子 寓庭芍藥一窠，花垂放矣。余將理沅南之棹，不及待其開，留詞別之

初見叢添蕊。小欄一日千回倚。風信參差屈指到，今番第幾。冉冉韶華，漸入青春尾。人欲別、試問花知未？聽栗留啼處，也喚將離兩字。　明日吾行矣。等閒負了揚州紫。璽栗梢頭，風物料、依稀相似。可惜開時，少個狂書記。笑眼前、緣淺猶如此。更休論此外，載酒尋詩何地？

滿江紅內子三十帨辰，寄此爲壽。是日在桃源舟中

咫尺仙源，何處問、雲中鷄犬。剛一笑、舊年三十，流光轉眼。萬事無如儂失計，一家只要君長健。把江湖、好語報平安，加餐飯。　天四月，江南畔。初夏景，村居滿。正鳩鳴椹熟，野蠶成繭。繞膝憐深兒女拜，傷心憶侍翁姑宴。料愁邊、窺鏡旋添絲，歸來見。

滿庭芳從任灘步行，渡朱洪溪

雨送微涼，客貪緩步，意行稍轉灣澴。到天古木，藤老葉緜蠻。野果枇杷初熟，繁枝重、狷鳥争攀。窺人過，一羣驚竄，石上墜啣殘。　前山。尋不到，泉聲落磵，響珮鳴環。便褰裳欲涉，冰去。足生寒。忽展黄雲一片，秧田外、雉尾堪删。重循省，霎時光景，偷入畫圖看。

醉太平船溪驛

山行澗行。風程雨程。紅榴小驛初晴。報前岡路平。　溪田碓聲。畬田火聲。煩他布穀催耕。指烟綿草青。

浪淘沙 楠村梅花橋佛閣小憩

欄檻落鮮澄。倒影分明。今來古往一郵亭。閣下長橋橋下澗，馬渴泉清。　拉沓是蠻程。難得佳名。戍人行盡野人行。如此溪山留不住，弦月旋生。

好事近 麻陽同天寺僧房

暝色起孤城，烟外千峰俱淡。竹几藤床紙帳，有新蟾來瞰。　山椒一夢已如仙，歸路去時暫。約略蘋花小港，棹微波瀲瀲。

南柯子 初入麻陽溪

漱玉風生頰，跳珠雪濺肌。舣船截浪去如飛。絶勝馬蹄泥滑汗頻揮。　山鳥飄紅帶，溪禽浣翠衣。只除夾岸酒樓稀。宛似西谿留下櫂頭歸。

摸魚兒 遣家信，紙有餘幅，書此足之

自依人、青油幕底，征衫再换涼燠。吴雲郢樹微茫外，萬點黔山高矗。憑短目。眄不到、

西陂荷柳東橋竹。濃陰净緑。想香澹風漪，塵清苔砌，暑意減新浴。凝情處，應諒歸期難卜。炎荒馬首人獨。匆匆堠館斜行字，手擘藤牋小幅。書未足。補一闋、新詞架筆挑燈讀。客懷不俗。料遠信來時，鵲靈最蚤，爲我報茅屋。

臨江仙 銅仁郡閣雨望

暮暮朝朝多變態，偶然一霽晴輝。孤城四面萬峰圍。卷簾何處，雲重雨飄絲。　梔子坪邊新漲急，鷺鷥立盡空磯。麻陽舦子緑蓑衣。白魚三寸，江口販鮮歸。

花犯 石榴

是何人，移從西域，幾時到南土。依山傍路。映絳蕚丹華，高下無數。眼明我是紅樓主。幽遐同恨阻。最苦是、繞枝啼血，對花聽杜宇。元微之《感石榴》詩：「非專愛顔色，同恨阻幽遐。」　闗心節物記吴孃，匆匆曾過了，那年端午。窗近水，人正在、緑陰陰處。傍偏髻、一痕微逗，映小朵、珊瑚籠繭虎。而今向、蠻中重見，紅裙誰妬汝。唐萬楚詩：「紅裙妬殺石榴花。」

瑞鶴仙 鳳仙花

參差開也得。看嬝嬝娉娉，垂垂滴滴。多般鬥顏色。任張家呼婢，韋家稱客。小庭南北。細飛來、丹禽一一。向天涯、似慰羈愁，與媚煙朝露夕。　幽絶。苔茵稠疊，落瓣無多，寸心易結。好風披拂。草蟲蔌蔌飛出。愛佳名、合作女兒憐取，旁人未許偷摘。微嫌他、指染紅尖，和花擣葉。張文潛詩：「金鳳乃婢妾，紅紫徒相鮮。」《本草》：「韋君呼鳳仙爲羽客。」劉貢父詩：「輝輝丹穴禽，矯矯翅翎展。」宋光宗李后名鳳，宫人避諱稱爲「好女兒花」。楊鐵崖詩：「夜擣守宫金鳳蕊，十尖盡换紅鴉觜。」

蘭陵王 安丘劉丙孫，故相國少子也。風塵天末，來宦沅州，與楊中丞有通家之誼。銅仁郡齋，共數晨夕，知薄官非所樂也。因用其扇頭舊韵，填詞贈之

楚天杳。奈此山頑石老。泥活活，苦竹岡頭，愁度霧猿萬松杪。鴈飛真不到。馬足羊腸空繞。更誰念，釋屩從軍，中有劉郎正年少。　滑稽何可少。嘆相國流風，于今頓邈。衣冠只博摇頭笑。便東華夢隔，西華交在，一官争抵歸去好。君聽子巂鳥。　懊惱。亂懷抱。指平野青徐，浮雲海嶠。扶桑日上鷄鳴蚤。甚登臨回首，每當西照。鄉關一髮，

目已斷，青未了。

前調 贈吴鴈山次前韵

絲路杳。人向此中易老。望銅崖，衮衮山尖，一握孤雲起天杪。歸飛何日到。烏鵲南枝頻繞。角聲慘，戰地相逢，自嘆臣今不如少。　君才時所少。喜通介如常，舊來徐邈。人情争滿淳于笑。問眼中桑海，胸中壘塊，半生知己赴誰好。依依失羣鳥。　煩惱。休縈抱。有短檝長鑱，釣江吟嶠。勿嫌白髮盈頭蚤。只無多鬢影，鏡邊羞照。西垣斜日，夢裏事，猶了了。

木蘭花慢 七夕江口舟中作

晚程西晃路，深崦裏，著扁舟。看薄霧成雲，片雲成雨，一雨成秋。推篷坐聽餘滴，漸輝輝、紅日下蘆洲。似磬凉蟬到耳，如梳新月當頭。白香山詩：「巴蟬聲如磬。」　灘聲東瀉火西流。佳節客難酬。憶貰酒湖亭，曝衣村巷，吹笛江樓。孤萍近來蹤跡，擬乘查、碧落問牽牛。獨夜飛飛烏鵲，五溪渺渺凫鷗。

百子令八月十五夜，銅仁坐雨，有懷德尹、潤木

良宵清景，莽回頭、鄉社年年三五。碧海纖雲，都斂盡、空外涼蟾飛度。蟋蟀柴門，豆花籬落，豔豔疎燈吐。兄酬弟勸，中庭好片風露。　一自隻影南遊，十分圓月，不照蠻方路。萬事干戈揮手外，咏罷微飆桂樹。半嶺猿休，極天鴈斷，坐聽瀟瀟雨。此時離恨，燭花對客能語。

前　調十六夜見月叠前韵

狂雲妒月，甚無情、掩却盈盈十五。賴是今年，秋帶閏、還有中秋一度。二八清光，隔宵晴意，不料團圞吐。移來牆角，疎桐猶滴圓露。　誰似太白詩豪，相邀對影，同此天涯路。我欲舉杯餅已卧，捹得不眠倚樹。椒館蟲吟，竹門風過，静聽翻疑雨。沈沈永夕，素娥相傍無語。李長吉詩：「吴質不眠倚桂樹。」

鵲橋仙庚申閏中秋

天高露冷，一輪山月，又是十分圓候。平分節序屬中秋，問今夕、可平分否？　桂叢香

過，菊叢香淺，省對新花殘酒。若教餘閏帶重陽，算此會、已登高後。

臺城路 浦市别宋梅知，並簡故園諸子

黄花黄葉沅南岸，相逢便經揮手。浦口羈帆，尊前新月，此會他鄉難又。踟躕搔首。羨獨木船輕，歸程易就。我亦思歸，客中送客拗楊柳。　舊交屈指某某。感因風寄訊，書疏都有。離緒紛紛，報章草草，此外儘煩君口。多能記否？好爲我殷勤，偏傳良友。預想挑燈，故園他夜酒。

點絳唇 冬杪發銅仁，晚宿松樹坪

醉别江城，荒荒野宿投村槖。鵑啼月落。茅店孤燈著。　老馬迎風，衣上霜花薄。天垂幕。孤雲一握。吹散咿咿角。

清平樂 平溪道中微雪

深江薄雪。人去清浪驛。佳句巧從驢背覓。此地何來此客？　臘梅香遞前山。戍旗插過烏蠻。天末鴻飛不到，傳烽與報平安。時官軍初恢復貴陽。

洞仙歌 渡重安江

丹危翠險，乍懸繩度索。井底人從半空落。有清江拖帶，抹斷雲根，天一綫，兩面奇峰峭削。

英雄何事業，飛鳶墮處，拍岸波聲怒時作。便策馬中流，馬亦徘徊，行人去、夕陽哀角。料無分食肉覔封侯，笑占夢無端，誰如宋㮅？「食肉占夢」，出《晉書·索紞傳》。

金縷曲 清平縣

雪洗黄茅瘴。掃寒空、纖雲斂跡，層巒獻狀。縣小人稀餘三户，亂後偏留想像。也不負、詩家吟賞。錦市花塲尋不到，賸清平兩字仍無恙。些個事，動惆悵。

行行相見坡西望。指前頭、羊腸武勝，塞笳悲壯。屈曲嶔崎高低路，三十六梯難上。煩傳語、百蠻君長。但使官廉民復業，便紅苗白爨吾亭障。圖可按，示諸掌。羊腸、武勝，二關名。

消息 宿楊老驛

百里中途，孤城小駐，岡重巒複。皁帽蒙頭，青氈裹手，暮寒猶觸。微陽西墮，趁虚人散，客與昏鴉並宿。正山頭、野火燒殘，聽風過，蕭蕭竹。

舊家名酒，憑誰買醉，零落低帘

剩幅。想雪水初添，年時此際，比舍新篘熟。可堪回首，六亭南北，一片荒烟廢麓。更何時、翠袖牽蘿，重來補屋。「清平豆腐楊老酒」，此鄉口號，自此至平越府，凡有六亭。

玲瓏四犯

韜荒兄昔過黄絲驛，賦二詞，組織極工。今來不無蔓草零露之感，填詞寄之。

風凹回鳶，冰槽溜馬，去來此路相左。神傷離亂後，事往逡巡箇。征鞍欲停無那。問佳名、最憐婀娜。城北城南，堠長堠短，回首轉愁我。

蠻孃憶，當壚坐。有蛛絲迎面，伴客燈火。曹家碑背上，好字思量過。酒人一别紅顔散，更誰把、平原繡作做。擬寄和。歸幰却、匆匆未果。白香山詩：「别後曹家碑背上，思量好字斷人腸。」

敬業堂集卷五十

餘波詞下

齊天樂 辛酉貴陽立春

東風兩度年頭尾，新春舊春如替。雪點湘蘋，烟開湖柳，又看山梅到此。蠻粧綰髻，待踏月塲開，蘆笙旋起。銅鼓聲中，青紅兒女且驩喜。鄉風處處都别，歲華頻改换，只添憔悴。魚上冰鮮，酒迎臘白，略似溪肴村味。貴陽魚似吾鄉鮮鯽，酒似吾鄉臘釀。東君有意。感就我他鄉，依依萬里。也擬郊遊，鞭絲誰共理？

瀟湘静 楊耑木都下書來，知外舅陸先生已南還，喜而有作

瘴南雪北千千里。感公子、萬金一紙。開緘欲讀，燈花剔了，又紅添雙蕊。骨肉兩飄蓬，秋風便、歸裝先治。多應偪臘，到家期近，猶及看、蚤梅未？　悵望橋東學圃。草堂寒，塵封杖几。先君老友，惟翁健在，忍重來揮淚。次第慰家人，定憐取，天涯遊子。嬌癡剩有，外孫繞膝，挽須問事。

西河 春晴偕彭南陔、吴鴈山登照壁山佛閣

春乍霽。漏天景色清美。岩巒無樹可棲烟，翠屏凝紫。出郊未惜馬蹄遥，舉鞭直上巋硊。　懷古意，登眺耳。程番今又何地？風雲滿眼幾人歌？幾人雪涕？桑滄陵谷兩無情，危欄詎忍長倚。　戰場草、淺塵不起。變青紅、血痕初洗。下瞰孤城井底。笑井蛙、曾此跳平梁，只在夕陽邊，鵑聲裏。

疎影 賦瓶梅影，次張玉田韵

便娟秀月，寫横斜牆角，已是清絶。傍我移來，幾度端相，欲折翻嫌難折。膽瓶位置看如

畫，特許伴、燒燈冷節。被燭光、遥妬無端，故向小窗明滅。宛似佳人空谷，亭亭還自顧，芳意幽潔。爲爾傳神，秃筆疎枝，試與和花點出。依稀林下相逢處，傍紙帳、東風欲活。憶孤山、浮動黄昏，曾掃影邊香雪。

沁園春 寄祝朱止谿先生及吴太君八十雙壽

碧沼丹崖，路繞蓬萊，芙蓉小城。自樊園種漆，琴材並老；帶湖栽柳，鷗侣齊盟。八十年過，八千年近，猶記東山捉鼻情。喧傳遍，是文翁宦蹟，杜叟詩名。簾前曲奏瓶笙，正春酒浮觴花外迎。羡先生林下，竹身瀟灑；夫人林下，梅韵幽清。白首相莊，板輿閒處，愛傍籃輿次第行。時光好，願長筵長侍，兒子門生。

曲遊春 清明黔陽城外作

故壘新烟起，數蠻城春事，初過百六。一片郊坰，但幾羣鵶噪，幾聲野哭。何處餘喬木。全未有、遷鶯出谷。只誤他，雙燕歸來，舊巢還覓茅屋。　細草離離遠緑。正馬牧荒疇，健閒黄犢。豈少相逢，奈踏白軍多，踏青人獨。誰唱《巴南曲》。向天涯、自成風俗。記取鼻飲三升，鉤藤酒熟。「踏白軍」，游徼騎也，見《宋史》。蠻人以鼻飲鉤藤酒，見《老學菴筆記》。

金縷曲又何軒前芍藥一叢，花時被風雨摧殘，而余所插瓶中雙蕊，經旬始落，一似有情相慰者，戲填此調〔一〕

姹女粧成坐〔二〕。漸依依、與人分去熟〔三〕，朱唇輕破。斟酌穠纖相傍好，同此連宵篝火。愛紺碧、餘香惹唾〔四〕。十日吟牕留伴客，聽藥欄、猛雨花期過〔五〕。枝稍弱，肯微嚲〔六〕。　尹邢薄妬知無那。還防他、銅瓶力盡，不風自墮〔七〕。天若有情應護惜〔八〕，把贈將離差可。笑寂莫、何人似我。曾向武陵筵畔看〔九〕，隔年詩、滿紙無心和。重對汝，鎮愁卧〔一〇〕。

〔一〕按，《原稿》題作「賦瓶中芍藥調金縷曲」。

〔二〕「姹」，《原稿》作「小」。

〔三〕「漸」，《原稿》作「似」。「與人分熟」，《原稿》作「對人漸熟」。

〔四〕「愛紺碧、餘香惹唾」句，《原稿》作「又紺碧、餘香染唾」。

〔五〕「十日」二句，《原稿》作「蝶翅蜂鬚尋難到，聽空堦、雨滴花期過」。

〔六〕「肯」，《原稿》作「欲」。

〔七〕「不」，《原稿》作「無」。

〔八〕「天若」句，《原稿》作「借取蠟黄黏並蒂」。
〔九〕「武陵筵畔」，《原稿》作「豐臺垂鞭」。
〔一〇〕「鎮」，《原稿》作「但」。

點絳唇 雷雨初過，小軒睡覺，歸思忽生

雨過空城，輕雷薄靄千山暝。飛蚊遶鬢。睡美軒窗靜。　江上黄魚，忽引東歸興。紅榴褪。八番花信。報道端陽近。

二郎神 午日風雨，殘酒薰人，竟成薄醉，友人索余題扇，填詞應之

聽雨聽風，驀忽地、流光偷换。誰能料者般，客况南食，今年又半。蠻果枇杷偏遲熟，有撥剌、銀刀入饌。都匀府産鰣魚。記馬渡清沅，買魚配酒，去年江館。　相勸。中丞脱略，容參午宴。也不用、當門懸符結艾，幸是把杯人健。醉裏詞成，拈須微笑，且爲旁人題扇。剛夢隔、一縷茶烟輕颺，醒來靠晚。

綺羅香 署庭七夕桂花盛放

風色迴條，露華流葉，花候炎方特蚤。小院飄香，及取火流星曉。憑玉兔、半面催開，喜金

粟、一枝預報。是吴剛、妙手移栽，流黄恰映錦機巧。　高榆天上歷歷，比人間叢樹，涼意多少。顧影婆娑，待月圓時也好。想姮娥、不耐清寒，步羅襪、盈盈先到。便從今、暗數三開，孤芳猶未老。宋人詩：「四出花中異，三開格外芳。」

瑶華慢 賦鷄㙡

傍松似繖，比肉非芝，喜筠籠初梱。肌分理細，脆于瑶柱，嫩于玉筍。厨孃好瀹，觸纖指、微防輕損。任清涎、齒頰先流，欲嚼芳鮮未忍。　憐伊産自炎荒，數陳家九種，圖譜猶賸。人間雋味，但風乾日炙，封題遠信。秋林雨過，記竹下、呼兒采菌。便吴鹽雪點羹湯，那有者邊風韻。「松繖」出勞山。「肉芝」見《抱朴子》。「九種菌」見陳仁《玉菌譜》。

拜星月慢 中元夜對月

素角烏烏，女垣東畔，圓月初生雲表。斗柄旋回，射西方參昴。曲欄外，滿地玲瓏影動，壓樹棲鴉纔到。漸過黄昏，又窺窗斜照。　筭愁邊、何限淒清調。人無寐、涼意蟲先報。此際誰不驚心，只閒房較蚤。念鑾中、天氣晴時少。團圞處、忍負秋期好。喚𡡉僮、卷起疎簾，伴金波到曉。

瑣窗寒 中元後，苦雨連旬，薄寒中人，已似吾鄉十月天氣，南方節候，無準如此

蟋蟀空廊，梧桐別院，逡巡暑退。雨聲連夜，不許新凉替代。直隨他、萬馬南來，瘴鄉氣候同沙塞。把秋期變作做，授衣時節，早寒先戒。　一帶。頽垣外。有鵂鳴似鬼，鷄鳴如晦。空齋愁坐，搦管讐書都礙。况中庭、橘未垂條，孤鴻消息渺難待。但朝朝、目送荒烟，去作巖頭黛。

夢横塘 得家信

繩橋夢杳，綠路人稀，書來歲聿云暮。寄到春衫，嘆節序、中更寒暑。驥子聰明，别時猶小，今能憶父。只家貧世亂，大要憐渠，慈母杖、休輕與。　我行不爲封侯，甚歸期屈指，誤了還數。績火蓬窗，暗想到、昨封題處。誰知向、鷄聲絶徼，孤館愁開夜深雨。待不消魂，一回對影，也悲辛狂顧。

水龍吟 賦霧淞

攢柯密箐層層，朝來幻出公超市。餘寒未减，阿誰裁剪，雪翎粉翅。非葉非花，疑花疑葉，

珠裝玉綴。笑隋家新樣，都將綺繡，强占了，瑠璃地。　城角垂垂幾樹，壓黿厨、鑾烟斂紫。天公妬汝，微陽院落，瓏鬆驚墜。人静空階，一聲清響，鏗然到耳。倩東風着力，唤回舞態，與扶頭起。曾子固《霧淞花》詩：「舞人齊插玉瓏鬆。」

臺城路 壬戌新年黔中見燕

燕窩山在城東，見《黔記》。外春來也，差池恰逢雙羽。舊巷亭臺，新年花草，總付零笳斷鼓。尋常不記前度。安巢何處？奈地老城荒，并無佳樹。小立茅檐，飛飛驀過短牆去。　甚來從海上，歸路偏阻。蜀霧吞江，楚雲迷峽，却伴烏蠻久住。乾坤逆旅。嘆我亦依人，未須憐汝。遮眼鄉關，濛濛人日雨。

鷓鴣天 花朝晴出郭閒眺

屐齒殘泥冷乍消。冷，音另，土語以霧雨後路滑成冰爲冷。快晴難得是花朝。六千里路連芳草，廿四番風剩柳條。　紅犵狫，紫姜苗。亂山何處酒旗招。鷓鴣聲裏遊人少，啼過頭橋又二橋。

曲游春 白櫻桃下偶題

瘴雨長飄瓦，改東風幾信，偏滯寒色。二月初頭，見櫻桃一樹，花頭漸白。剛被晴烘拆。已便有、遊蜂窺得。勿嫌相對無情，猶是上年吟客。　彷彿。梨雲杏月。覺香泛南枝，春陰較密。占斷花朝，勝寒食江南，燕簾吹雪。可有人憐惜。是當時、下階曾折。争奈亂後風光，斷無消息。李長吉詩：「下階自折櫻桃花。」

唐多令 後園紅杏、林檎二本，今春忽枯，惟李花獨盛

一種舊春風。年時經眼同。好花枝、能白能紅。曾被上番唫賞後，蝴蝶夢，忒匆匆。　顏色等頭空。孤芳賸此叢。伴詩懷、清許盧仝。應有縞衣來叩户，人尚在，百巒中。韓退之《李花》詩：「夜領張徹投盧仝，乘雲共至玉皇家。」

驀山溪 又何軒前芍藥，今年忽發並頭一枝，楊中丞屬賦

頩顏怒拆，變作嫣然笑。淇澳有佳人，一箇箇、傾燕艷趙。含情顧影，相傍各低徊，曾妒否？解憐無？鏡展新粧肖。　金壺勝賞，絶代矜難老。卍字小欄前，問誰步、春風獨

蚤。佳名好换，莫道是將離；一覺夢，兩娉婷，此譜楊州少。徐文長賦：「狂苞怒拆。」蕭子顯詩：「佳人淇澳出，艷趙復傾燕。」

臺城路 二月廿九日黔陽送春

年年絶域春華改，驚心這回較蚤。唐帽山前，襄陽橋外，一片明波碧草。尋芳事了。正翠駘人歸，閒吹竹䎱。路指西南，關城宛轉楚天杳。當時爛歌花館，亂餘留想像，别夢繚繞。紅袖當壚，緑楊蔭馬，底處曾經買笑。時光縱好。但爲雨憐花，因風送鳥。去已怱怱，任他三月小。

緑頭鴨 聽任小史唱《提水調》，其聲婉轉幽咽，相傳明沐國公鎮滇時宫人所歌者

面如花，畫圖樓閣神仙。入侯門、琵琶偷學，未登狎客紅筵。轆轤長、胭脂井淺，别翻新調《鷓鴣天》。三百年來，故宫幽怨，此聲今被僰僮傳。似花底、雛鶯調舌，嬌小又清圓。歌頭轉、一絲風細，裊斷還聯。問人間、幾回曾聽，哀彈不用幺絃。便司空、向來見慣，也同司馬泪潸然。我亦無端，爲伊腸斷，凄凉何况館娃年。杯闌後、曲終夜半，風雨到燈前。疑有箇、人兒擁髻，愁對伶玄。

滿江紅 送楊劍川罷官歸雲間

鳥道羊腸，筭最險、無如作吏。又何況、烏蠻南角，浪穹左臂。鬢底霜華官興嬾，眉間黄色歸心遂。便抽帆、到岸有何難，能知止。　九峰畔，雲霞膩。三泖外，烟波細。是前張後陸，高賢故里。秋兔弦開樵擔月，春蠶絲引漁竿餌。問先生、此樂幾人同，人無幾。

金縷曲 客窗初夏觸景思鄉

地盡天連蜀。聽啼鵑、幾聲催放，四山躑躅。看到此花人情倦，翻愛陰陰夏木。來掩映、隔窗棋局。翠葉枝頭紅相亞，儘殷鮮、不受蜂須觸。一顆顆，荆桃熟。　露梢添引光如沐。只從他、出堦成筍，出牆成竹。遊子新來田園夢，長繞采桑鄰曲。鎮邂逅、村粧不俗。插鬢野芳風吹墮，乍歸來、微雨鳩鳴屋。裙共草，一般緑。

清平樂 初發貴陽

莎衫藤屐。陰雨霉天積。晴路一鈎初得月。門外馬嘶人别。　來時車犖間關。去時烽火平安。笑問遠遊何事，也如絶域生還。

苦竹岡頭滑路。郎馬來從何處。行不得哥哥，相勸解鞍且住。杜宇。杜宇。又道不如歸去。

如夢令 平越道中遇雨

無悶 黎峨阻兵漫題旅壁

旌旆連郊，鼓角連營，井底孤城如陷。笑萬里歸裝，一囊一劍。欲踏芒鞵徑去，奈霧雨、冥濛雲濃澹。路難如此，客愁正劇，猬吟又慘。　誰念。梗猶泛。對亂石荒屯，亂山孤店。爲旅食年深，易成秋感。壞壁題詩好在，記醉眼、昏花燈明暗。喜夜來、布被涼生，已夢清湘裊纜。

生查子 六月十五夜，黎城坐月

青山淡欲無，月到中天小。却扇一襟風，暑氣清多少。　蘆壁吐燈光，中有鄰娃笑。明日二郎祠，去約乘涼蚤。

臨江仙 立秋後七日，自溆溪乘舟東下

撲面風埃行倦矣，急來照影清江。澴波激石勢相撞。小船篙槳便，穩穩下驚瀧。　預遣兒書報歸日，到時黃葉秋窗。滿沽菊釀待開缸。家山無限好，蠟屐更添雙。

洞仙歌 過楠木洞，舟人指點石上有沉香船，云是吕仙留蹟

蒼灣一轉，愛瀲波如鏡。倒插雲鬟翠眉影。乍洞移楠木，船指沉香，仙路遠，縹緲似非人境。　晚來微雨過，竹樹蕭森，做弄秋聲入清聽。猛喚起塵機，草草經過，負多少、松梯苔磴。賴沙鳥有情伴人歸，與並坐江心，烟濤百頃。

臺城路 武陵换船，自龍陽至長沙

山窮水遠蒼茫外，楚天頓開心目。紫草灣洄，白沙洲溆，都入郭熙横幅。家家農牧。已閒却人牛，葑田早熟。漁户風烟，插竿晒網出茅屋。　程程鷺眠鷗宿。長年能一一、指似遺俗。岸闊三秋，湖平八月，又轉清湘幾曲。浮青剪緑。趁細雨薲香，沽將醽醁。好卸輕帆，古碑尋岳麓。

瀟湘夜雨 長沙水檻亭，爲趙雲岑副使作

甃石爲池，移橋就砌，多年結構纔成。長沙風物，官閣有園亭。分取三湘別派，波光動、簾額盈盈。中秋對月，應更好、盃底吸空明。　笑先生愛客，門庭如市，宦況彌清。一片冰壺裏，寫出閒情。直把西湖比似，也宜風雨也宜晴。只少得、篷舟一箇，同聽煮茶聲。

百字令 曉發湘潭，由青草湖出洞庭看月

江潭一棹，趁宵來、三十六灣秋漲。二百里程高枕過，席底平如掌上。菰葉翻翻，蘆花漠漠，日落魚吹浪。天開地坼，人間此境何曠。　屈指況近中秋，攲舷歌罷，晚景尤清亮。我本南遊無一事，愛答榜歌漁唱。湘渚移帆，洞庭賒月，俯仰應同賞。玻瓈忽動，冰輪湧起千丈。

臺城路 登岳陽樓

三年行盡西南路，重來岳陽樓下。宿霧占風，晴霞辨雨，變態空濛難寫。乾坤作冶，看萬象俱融，鏡光東瀉。一笛飄蕭，秋心吹滿洞庭野。　舊來戰壘初洗，憑軒休涕泗，目斷

戎馬。遠浦沈烟，輕舠點葉，既濟風波翻怕。琴高待跨，奈地少雲多，魚龍未化。剩有閒情，坐觀垂釣者。

長亭怨慢 壬戌九月十三日到家作

甚當日、去家容易。秉燭羌村，夢猶恍惚。不記飄零，却憑兒女、筭年月。爲渠覓食，一笑蛩蛩負蟨。傾倒薄游裝，聊付與、烟生煬突。咄咄。山陽聞笛罷，獨自心傷存歿。時聞右朝之變。生還偶遂，别中事、逢人怕揭。料柴門、更有誰敲，便菊徑、從他蕪没。好勤課童奴，重理釣磯耕垈。

摸魚子 涉園酬别魏禹平

放扁舟、清風涇上，此生快事爲最。城隅一徑蒼然轉，滿架朱藤高挂。鶯語外，正人坐、春風花被遊絲礙。名園入畫。記杯賭循環，牀移曲尺，佳夕鎮相對。留連處，却指離程如黛。眼前光景難再。更爲後會知何地，浪態檣形相背。無可奈。筭去住、行藏總被浮名絓。還應自愛。待挾妓春山，尋僧秋社，重與了吟債。

念奴嬌　贈别碧紋録事

尋春較晚，人都笑、小杜舊時光景。曲港橋通，門啓處、翠柳紅薇交映。喚起梳頭，慵慵猶帶，中酒催花病。有心絳蠟，夜闌留照雙影。　却是我未成名，匆匆輕别了，翻嫌薄倖。此意沉吟行復住，不爲石郵風緊。明日回頭，離烟恨水，多少愁人境。問重來約，叮嚀莫似瓶井。李嶠詩：「消息似瓶井。」

一萼紅　重過飛翠軒

枕入杷園。有翠禽飛出，消息遞前軒。柳外飄燈，花陰籠月，歸後略帶微醺。剛博得、橫波回盼，喜嫩約、不負去時言。來便重來，拋人容易，休似初番。　爲我迴身幾遍，道護他窮絝，終自憐君。高燭融銀，沉烟續篆，且與並坐黄昏。也莫管、漏聲長短，拚一度、相對一消魂。明日倩誰相伴，水上湔裙。戲用王建《宫詞》中語。

渡江雲　禾城答華羲逸見貽原韻，兼送其北行

歸裝何畹晚，落帆天際，雲樹及冬晴。故人欣握手，寄我新詞，屬和到春城。兩湖烟雨，鴛

鴦外、流水無聲。又早是、南檣北柁，滿眼促征程。　空舲。哀猨斷峽，宿昔曾遊，向閒中循省。争得似、花街擪笛，燭院聞筝。歡場事往渾如夢，夢醒時、説與誰聽？空自咏，白頭洛下書生。

百字令徐淮江别後寄調，有「書記狂遊」之語，次韻答之

經營買笑，甚娉婷、十斛明珠論價。月下星前花底醉，偶逐春風良夜。采了蘼蕪，種將紅豆，雲散清歌罷。三生一夢，未應輕筭遊冶。　多少劍客呈鵰，琴姬擁鳳，豪舉誰能借。自檢空囊償酒債，差勝博梟壺馬。知己書來，佳人别後，孰是忘情者？報章草草，却愁洗研重寫。

解連環紀夢

蕉陰隔院，有到窗殘月，移來一片。更添他、幾點疎螢，正角枕紗幮，夜凉人倦。薄被香消，留縷縷、手縫針綫。感殷勤就夢，直似憐儂，寄宿孤館。　邂逅難償初願。只燈花猶似，那回爛熳。盻舊約、曾指紅榴，又點綴蒼苔，下階踏徧。曉路侵星，欲去也、晴梢露泫。悔當初、輕别西灣，茨姑葉爛。

解蹀躞 接德尹武昌信，知春杪已作嶺表之遊

依依漢南柳色，舊是懷人處。柁樓水拍，長隄又春暮。流下黄鵠磯頭，好憑赬尾紅鱗，與傳尺素。　眼中路。一笑賓鴻社燕，勞勞各如許。嶺南此去，一事却輸與。計日荔子初紅，從渠飽啖千枚，可能分取？

芭蕉雨 本意

夢覺微凉生處。曉來傳點到、分明語。起凭去闌杆細數。驀地捲作秋聲，梧桐別樹。淋漓不怕絲雨，只恨風掀翥。乍翠羽飄飄，細分縷。渾忘了、舊題詩，直待重展蕉心，再來覓句。

祝英臺近 賦蝶，和韜荒兄韻

去翩翩，來劫劫，秦宫一生狎。花落花開，好景過如霎。料得庭院深深，重遊較晚，也惆悵、成陰緑葉。　恁輕怯、憑仗滕閣丹青，長依畫眉妾。爲汝叮嚀，雙飛避羅箑。防他撲向春衫，買絲繡樣，把金粉、損將一搯。

離別難 寄書

一櫂別忽西風。映門秋水芙蓉。畫粱雙燕少。錦字孤鴻杳。樓頭他夜夢，忒惺忪。疏雨外。啼蛩碎。殘燈何喜著花紅。花可愛。情無賴。獨眠遲。短箋滿貯相思。封題鈐小印。牢記秋螢信。莫便道、負心期。人好在。來應再。那回端不似當時。

河傳 秋雨

薄暮。微雨。做秋聲。紙瓦山牕獨明。蘆花夾岸舟乍停。曾經。瀟瀟和鴈聽。疏點漸稀檐外竹。還蔌蔌。静覺凉生屋。記明朝。約登高。隔宵。殘燈挑復挑。

綺羅香 紅葉，用玉田舊韻

叢菊籬荒，茱萸泋冷，漸老紅顔誰主。派别丹黄，不上青楓圖譜。任賽過、二月花時，渾難戀、霜條霞縷。向枝頭、添陣寒鴉，自隨流水杳然去。去也去也何處。曾博幾人憐惜，幾回題句。醉面微酡，有客暗嗟遲暮。指隔岸、賣酒旗邊，是昨歲、登高舊路。聽穿林、風已蕭蕭，可堪還夾雨。

新鴈過粧樓賦菊，用玉田舊韵

留取瓦盆，兼客土、雅稱茅舍疎籬。山人衣白，老伴愛結黄衣。舊徑三三分好種，新頭一一摘繁枝。喜開時。花如人澹，蟹比魚肥。　莫怨芳期摇蕩，有南山到眼，不負陶詩。結塔開屏，晚景争戀斜暉。鄰翁舊來好事，記帽底、滿頭曾插歸。歸來好，問餐英幽味，醉醒誰知？范景仁有《菊塔》、《菊屏》二詩。

江南好虎丘送朱子容六丈入都，癸亥二月

騎鶴吹笙，六郎風格，梅村句子猶新。詞壇酒壘，五十八回春。好在江山四壁，茶烟畔、鬟縷飄銀。驚初見，壯心千里，擬向何人？　横塘舟檥處，桃鬟柳眼，總是迷津。把吴都舊夢，付與前因。亂後渡江光景，箅誰似、衛玠傷神。垂綸手，却遮西日，還指洛陽塵。

霜葉飛再得淮江書，知弄珠别落人手。余時將有南昌之役，旅懷殊耿耿也

不來何意差池恨，魚牋横幅曾寄。多緣銀漢澁微波，誤秋期容易。還憶得、别時情事，烟條妨路船猶檥。費多時佇立，纔小語、回身行行，莫忘飛翠。　儂意正爾相憐，半年游

跡，直是沉吟爲此。柳綿依舊化浮萍，與飄零何異。倩一股、菱花秋水，殷勤好寄離人淚。挤溢浦西風，聽到琵琶，别添顦顇。

望江南 朝發景德鎮，夜抵饒州〔一〕，舟中即事三首

江行好，裊裊挂帆時。一練澄波烟鎖住，三竿紅日霧消遲。此景曉來宜。

〔一〕「夜」，《原稿》作「夜半」；「饒州」，《原稿》作「饒州城下」。

又

江行好，歷歷亂帆時。牛背日斜鵶獨立，漁灣人去鷺雙窺〔一〕。此景晚來宜。

〔一〕「雙」，《原稿》作「閒」。

又

江行好，寂寂卸帆時。羣鴈驚人霜外起，小船吹笛月中移。此景夜來宜。

四字令 阻風鄱陽湖

彭郎小姑。康郎大姑。更愁五老香爐。限狂瀾一湖。　雲汀樹枯。沙汀草枯。北風吹折黄蘆。奈蕭蕭鴈呼。

綺羅香 南州官舍，風雨連朝，履安叔索題詞藁〔一〕

零雨西山，斷雲南浦，縹緲愁城誰築〔二〕。一卷新詞，手寫烏絲十幅〔三〕。喜穠婉、漸近梅溪，論清麗、寧輸竹屋〔四〕。最苦是、花落江天，此時相對却慵讀〔五〕。　幢幢孤館殘燭〔六〕，正頳鱗蒼翼〔七〕，望極遥目。小立東風，只唱舊時歌曲。藁砧恨、委浪萍輕，翠袖怨、出山泉濁。而今恁、一句都無，斷腸難再續。

〔一〕按，《原稿》作「南州寓舍，春雨連朝，履安叔索題詞集，填此應之。後半蓋專指阿瓶也。」

〔二〕「縹緲」，《原稿》作「一片」。

〔三〕「一卷」二句，《原稿》作「檢點春詞，小字紅箋幾幅」。

〔四〕「寧輸」，《原稿》作「何慚」。

〔五〕「相對」，《原稿》作「展卷」。

〔六〕「幢幢」，《原稿》作「依依」。

〔七〕「赬鱗蒼翼」，《原稿》作「雁行鱗次」。

金縷曲 彭蠡舟中，讀外舅陸先生與聲山姪鴈字唱和詩卷，戲填此調

海外羣鴻戲。寫遥天、前行未斷，後行還起。排比八分人字樣，倒捲霞光作紙。忽一折、斜飛取勢。變化隨宜成草聖，覺陣圖、大有縱横氣。象外法，畫中意。　畫沙印雪依稀似。也强如、紛紛鶩鴨，挂名帖尾。漸遠漸高看漸没，澹入雲藍無際。望不盡、揚瀾左蠡。有所思兮湘浦外，悵魚沈、尺素遲難寄。好爲我，傳牋地。《法帖》評鍾太傅書如飛鴻戲海。《宣和書譜》：「王濛論章草，作人字法。」白香山詩：「却要斜飛取勢回。」王右軍有《筆陣圖》。蘇東坡詩：「有似飛鴻印雪泥。」右軍又有《鶩羣》、《鴨頭丸》二帖。「雲藍箋」，見《松陵集》。

邁陂塘 吴民則屬題《秋浦歸帆圖》，用李分虎韻，時由吴興學博去任〔一〕

問先生、采芹采茆，何如歸采蒓去？駱駞橋外樵風便〔二〕，好著一枝柔艣。挽不住。看無恙、歸帆穩挂西南路〔三〕。鏡匳初鑄。趁鷺頂飄絲，鳧翁刷翠，行到水窮處〔四〕。　船頭轉，一片空濛烟雨〔五〕。吟續《蘋洲笛譜》。風流六客今何在，又作西湖社主〔六〕。君記取。

箄道士磯邊〔七〕，未必無漁父。爲儂留語〔八〕。道放鴨人歸，桃花春漲，來歲或尋汝〔九〕。

〔一〕按，《原稿》作「吴民則學正屬題秋浦歸帆圖，用李分虎舊韻」。

〔二〕「駱駞」句，《原稿》作「苕溪煙景西湖月」。

〔三〕「挽不住」二句，《原稿》作「留不住。趁風色、孤帆暮北朝南路」。

〔四〕「匳」，《原稿》作「光」。「趁」，《原稿》作「看」。「行到」，《原稿》作「秋在」。

〔五〕「空濛烟」，《原稿》作「菰蒲響」。

〔六〕「吟續」三句，《原稿》作「此中大有佳句。緑簑青篛歌詞好，散入蘋洲笛譜」。

〔七〕「道士磯邊」，《原稿》作「西塞山前」。

〔八〕「爲儂留」，《原稿》作「相煩傳」。

〔九〕「或」，《原稿》作「定」。

點絳唇 紅花埠道中

河北人家，踏青也有紅裙女。野花誰主。多謝風擡舉。　叵耐啼鵑，苦勸人歸去。歸何處。濃烟疎雨。遮斷江淮路。

臺城路 京師送李分虎南歸，兼懷令兄斯年、武曾〔一〕

秋聲獵獵修門外〔二〕，清笳亂砧齊起〔三〕。古堠參差，離亭長短〔四〕，獨客竟成歸計。桑乾一騎。漸淮菊催黄，江楓變紫。上了吴船，霜風吹淺太湖水。　登高恰當故里。弟兄應悵望，别夢難理。時斯年在長沙，武曾在鳳陽。西日東塵，瘴南雪北，此度勸遊凡幾。寄聲二李〔五〕。料隻影單棲，未償初志〔六〕。莫忘去重來，酒人燕市裏。

〔一〕按，《原稿》作「送李分虎南還」。

〔二〕「獵獵修門」，《原稿》作「颭颭平沙」。

〔三〕「齊」，《原稿》作「都」。

〔四〕「古堠」二句，《原稿》作「雁字行疏，擔頭蒓老」。

〔五〕「寄聲二李」，《原稿》作「風埃老矣」。

〔六〕「料隻影」二句，《原稿》作「怕隻影辭枝，欲飛還止」。

木蘭花慢 送曹升六舍人佐郡新安

插天青未了，三十六，翠芙蓉。愛官閣鈴梆，人家鷄犬，多在雲中〔一〕。畫圖又呈變幻，便横看不與側看同〔二〕。烟氣潤添修竹，濤聲晴卷長松〔三〕。　匆匆。我昨遊蹤。算此去，却輸公。正千里峰銷〔四〕，一州事簡，諸縣年豐。風流未妨佐郡，問宦情詩況那般濃？擬踐黄山舊約，籃輿筍屐相逢。

〔一〕「鈴梆」，《原稿》作「文書」。「多」，《原稿》作「都」。
〔二〕「便横看」句，《原稿》作「看一峰不與一峰同」。
〔三〕「濤」，《原稿》作「雨」。
〔四〕「銷」，《原稿》作「消」。

齊天樂 寄祝魏青城憲副七十壽

傍城烟火環城水，依然舊家喬木。巷列東西，巷分南北，中有涉園幽築〔一〕。花邊補屋。正結構初成，幅巾歸沐。七十平頭，宦情到此合知足。　傳來雙鬢猶緑。市朝回首處，都是碁局。近社僧來〔二〕，署門客去，誰奏《鶴南飛》曲。翠娥持燭。待自琢新詞，譜將絲竹。散入春風，蚤梅香撲撲〔三〕。

〔一〕「涉園」，《原稿》作「謝公」。
〔二〕「近」，《原稿》作「入」。

〔三〕「撲撲」，《原稿》作「蔌蔌」。

酹江月 京城中元

如弓沙月，正秋輪乍滿，映來粉堞〔一〕。冰琖拍殘人影亂，散作六街涼蝶。賣過荷花，一番夜市，又賣青荷葉。碧雲萬柄，星星點點的的。回憶昨歲今宵〔二〕，故人相喚，並放西湖檝。水面樓臺天上下，鏡裏倒窺紅頰。經眼風光，轉頭情事，鷗夢無多霎。秋絲添鬢，孤燈照影愁鑷〔三〕。

〔一〕「粉」，《原稿》作「嬰」。
〔二〕「回憶」句，《原稿》作「剛是昨歲中元」。
〔三〕「照」，《原稿》作「對」。

一萼紅 積雨，有懷竹垞，時移寓古藤書屋〔一〕

翠糢糊。想藤梢垂格，老緑早涼初〔二〕。葉葉分風，牀牀避漏，近日吟興何如〔三〕？問添了、幾莖白髮，又還問、撚斷幾莖鬚？蠅拂甘瓜，蟻浮苦酒〔四〕，作底歡娱？著得等身書就，甚眼中未見，還有奇書〔五〕？夢隔前塵，客來今雨，好是深巷閒居〔六〕。且莫賦、田園歸去〔七〕，箄斯人、何可此間無。一笑回頭，白鷗浩蕩江湖〔八〕。

〔一〕按，《原稿》作「積雨久不晤竹垞，填詞索和」。
〔二〕「想」，《原稿》作「憶」。
〔三〕「近日」句，《原稿》作「秋意先到軒除」。
〔四〕「蠅拂甘瓜」二句，《原稿》作「一盞昏燈，一瓶濁酒」。
〔五〕「甚眼中」二句，《原稿》作「甚人間未見，尚有奇書」。
〔六〕「好是」句，《原稿》作「不礙深巷閑居」。
〔七〕「田園」，《原稿》作「先生」。
〔八〕「一笑」二句，《原稿》作「別樣風流，十年回首江湖」。

解珮令 聯句送趙秋谷歸益都

城頭畫鼓，馬頭紅樹。最無憀、酒邊人去。朱彝尊。聽徧《陽關》，也未抵、者番別苦。魏坤。一程風、一程寒雨。　斷橋橫浦，淺沙深塢。翠灣澴、鄉山無數〔一〕。慎行。卸了朝衫，換獨速、莎衣醉舞。坤。勝東華，滿鞾塵土。彝尊。

〔一〕「鄉」，《原稿》作「好」。

浣溪沙 聯句題張遠墨梅

淡墨螺勻尺幅綃〔一〕。坤。五三六點冷香苞。彝尊。玉龍拖尾燕分梢。慎行。紙帳影浮斜月底，彝尊。畫屏春貼小山坳。慎行。一番花事又江郊。坤。

〔一〕「綃」，《原稿》作「捎」。

春風嫋娜 游絲。同竹垞賦，限蛇字

笑東君何意，斷送芳華。吹墮粉，走歕沙。向蜘蛛窠裏，巧粘密網，縈成金縷，展出繅車。細欲無痕，長能比髮，牽惹遊人眼界花。安得天機纖素手，織將霧縠與冰紗。千丈晴空不礙，日光斜映，見閃閃、輕罥檐牙。無風綽，被雲遮。瞥然摇曳，又過鄰家。一筆難描，來蹤去影；寸絲難綰，春蚓秋蛇。無情有恨，任花南水北，定誰憐取，飄蕩生涯。太白詩：「白髮三千丈。」陸探微能一筆畫，師宜官有游絲書。

百字令 爲真定梁相國壽

風流謝傅，想當時、原爲蒼生而出。人以爲通公自介，四十年如一日。闕補山龍，姿同海鶴，帝賚尊良弼。太平有象，中書仍領樞密。　猶記莊號雕橋，壽槐重蔭了，錦堂琴瑟。袞袞公卿皆後輩，秩笋松齡纔七。一桁朝衣，滿床牙笏〔一〕，慶繞芝蘭室。梅邊開閣，奉觴長近佳節。

〔一〕「衣」，《原稿》作「衫」。「滿床牙笏」，《原稿》作「萬條官燭」。

前調 竹垞屬題《歸耕圖》，次卷中原韻〔一〕

良田二頃，只躬耕〔二〕、少箇南陽名士。悵望杏花烟雨候，鄉夢牽人何已。纔着朝衫，便思初服，前輩多如此〔三〕。先生歸也，買山計正難耳。　趁好碌碡村邊，桔槔園外，長一支春水。還我緑蓑青箬笠〔四〕，重向溪南小市〔五〕。十角吴牛，千頭楚橘，蚤辦收身地〔六〕。笑陶元亮，昨非始覺今是。

〔一〕按，《原稿》作「再題竹垞歸畊圖，即次卷中百字令原韻」。

〔二〕「只」，《原稿》作「算」。

〔三〕「多如」，《原稿》作「誰能」。

〔四〕「還」，《原稿》作「伴」。

〔五〕「重向」，《原稿》作「家在」。

〔六〕「收身地」，《原稿》作「當年事」。

太平時奉和聖製立春〔一〕

淑氣初回景色嘉。一天霞。人間何物報春華。有梅花。　已覺冰池鱗甲動，浪淘沙。滿城柳意待風斜。萬人家。

〔一〕「奉」，《原稿》作「恭」。又，《原稿》下有「十二月十九日」六字。

醉太平甲申元夕，西苑觀燈賜宴，歸同揆愷功院長賦

西山雪融。西湖鏡融。一天明月清風。慶時和歲豐。　尊中酒紅。懷中橘紅。醉歸街鼓鼕鼕。報三霄露濃。

邁陂塘高江村宫詹屬題《蔬香圖》〔一〕

展生綃、天開圖畫，恍然身在璚圃。宫羹禁臠多嘗徧，偏愛蔬香繞筯。江畔路。擬挂却衣冠、暫領田園趣〔二〕。斑鳩啼午。正土輭春酥，疎畦小稜去，一陣菜花雨。　筠籠淺，把送不勞地主〔三〕。自攜鴉觜鉏去。十年宰相非難事，且與撥灰煨芋。煩致語。料五畒池

邊、未是歸休處〔四〕。聊追白傅〔五〕。向紫莧青菘，黄芽緑甲，博取醉吟句〔六〕。

〔一〕按，《原稿》作「江村先生屬題蔬香圖」。
〔二〕「江畔路」二句，《原稿》作「留不住。便脱却朝韡、暫踏江村路」。
〔三〕「把送不」，《原稿》作「摘送恐」。
〔四〕「料五畝」句，《原稿》作「料五色瓜田、未是公歸處」。
〔五〕「聊追」，《原稿》作「風流」。
〔六〕「博取」，《原稿》作「寫入」。

百字令 樓敬思送盆菊，賦謝〔一〕

重陽纔過〔二〕，被霜風、剪盡一庭秋緑。門外白衣招不到，卧聽鄰槽酒熟。落葉聲乾，殘陽影淡，夢繞東籬菊。此時貽贈，感君知我幽獨。　直爲下潠田荒〔三〕，斜川路隔，歸計貧難卜。華髮滿頭何處插，辜負佳人空谷。客土培根，紙條沁水〔四〕，聊洗塵埃目。肯來同賞，餐英正喜無肉。敬思前寄余詩〔五〕，有「何妨食無肉」之句。

〔一〕按，《原稿》作「久不作詞，樓齊雲送菊花，偶填《百字令》一調。齊雲以詞名家，覽之當發一笑也」。

〔二〕「纔過」，《原稿》作「過了」。

〔三〕「直」，《原稿》作「應」。

〔四〕「紙條沁水」，《原稿》作「瓦盆斠水」。

〔五〕「敬思前寄余詩」，《原稿》作「齊雲和余《種竹》詩」。

菩薩蠻 錢蕉山給諫贈女兒香一奩，賦謝

西塘才子東官令。異香幾片遥攜贈。唤着女兒名。十分憐惜生。　鷓鴣斑血結。蘭氣熏奩出。端合浣清泉。忍教凝紫烟。以水洗之，清香自發，不待火爇也。

疎　影 同魏水村賦寓庭芭蕉

新桐牆角，愛碧茸茸下，孤莖秀擢。一片纔開，一片旋抽，次第展將旬朔。天生百竅玲瓏樹，慣只做、小庭葉幄。儘放教、障日捎雲，經多少雨淋露濯。　漸入凄凉時候，緊西風、攪得愁人夢覺。幾度裁牋，幾遍題詩，饒半憐他脆薄。自從没骨圖成後，可還怕、霜花剪却。時禹尚基作寫生小幅。好護持、宛轉柔心，莫被玉纖偷剥。

金縷曲 寓庭雜蒔草花，有一種名秋牡丹者，戲嘲之

小草當秋季。向軒墀、孤莖獨上，晚花初試。解道鼠姑顏色好，一種偷他名字。倩翠葉、層層扶起。碎翦繚綾攢縹蒂，與籬根、霜菊差相似。白菊經霜多變紫色。那許並，魏家紫。　傾城傾國談何易。便同時、翻階紅藥，纔中作婢。此外花曹三百六，誰譜入《名園記》？幸落後、少爭春意。自揣弗如應自遠，尹和邢，孰若相迴避。入宮妬，庶免爾。

前調 盆池種藕，有葉無花

爲愛荷香蚤。傍春分、就鄰乞藕，埋盆作沼。乍見田田浮鏡面，數點青錢圓小。漸翠聳、亭亭羽葆。道是看花吾有分去，轉轆轤、引水添清曉。費心力，計多少。　等閒長夏多過了。到秋來、雲沉露冷，向誰索笑。老子胸無惆悵事，聽雨聽風也好。只些子、替伊煩惱。直恐天寒羅袖薄，與芭蕉、一例經霜倒。剩清氣，耐枯槁。

醉太平 丙戌元宵，召赴暢春園西廠觀烟火

牆東玉虹。橋東燭龍。丹樓一朵雲紅。是宵中旦中。　烟濃霧濃。凌空架空。西山

一帶朦朧。隔千重萬重。

長亭怨 詠揆院長家紅鸚鵡，同孫松坪學士作〔一〕

記故國、隴雲深處。千里依人，華堂且住。借取猩唇〔二〕，殷鮮染出好毛羽。雕籠太苦。把三尺、珊瑚架汝。芍藥階前，早誦得、主人佳句〔三〕。芳樹。恁朝朝暮暮，送盡桃花如雨。枝頭杜宇，將血色、啼痕相訴〔四〕。更休誇、紅嘴多知，還應念、緑衣舊侶〔五〕。憑誰解銀絛，重認丹山歸路。

〔一〕按，《原稿》作「詠揆愷功院長家紅鸚鵡」。

〔二〕「借取」，《原稿》作「破了」。

〔三〕「階前」，《原稿》作「當階」。「佳句」，《原稿》作「新句」。

〔四〕「啼痕相訴」，《原稿》作「胭脂相妒」。

〔五〕「念」，《原稿》作「憶」。

行香子 月下過佟陶菴學士湖上寓樓，時隨駕至杭

烟水鮮澄。烟樹瞢騰。上樓梯、一二三層。曲欄小檻，是處堪凭。看日初沉，雲初斂，月

初升。有約頻仍。許我重登。捲疎簾、相對壺冰。風流學士，見也何曾。是飲中仙，詩中將，社中僧。

減　蘭題湖舫丁亥秋作

十三樓壞。十二橋邊朱舫在。秋已蕭蕭。老柳還誇十五腰。坐中年少。昨日不來今乍到。看我題詞。漫道風流似昔時。

臨江仙西湖秋泛

記得椶亭御舟名春侍讌，滿湖燈燭熏天。一番光景換尊前。殘荷猶瀉雨，疎柳已無蟬。望望西泠橋外去，吟過第六橋邊。商聲輥上十三絃。晚風吹不斷，涼透鷺鷥肩。

浪淘沙錢塘觀潮

龕赭露脽尻。對束江皋。雲垂海立湧金鼇。隔岸越山渾不見，水比山高。萬馬走單槽。鼉徙龍逃。當初誰賦廣陵濤？强弩三千輸筆力，直是人豪。

洞仙歌 戊子正月望後，竹垞表兄送余北行，至南湖而別

一天冰雪，過收燈時候。長水橋南惜分手。感登艫相送，直到杉青，歌驪客，檢點當前都有。兄言吾老矣，後會難期，酌我重斟十分酒。此意最殷勤，臨發踟躕，可敵得、石尤風否？好借取、深盃勸還酬。也預筭中秋，爲先生壽。今年八月望後，先生八袠大慶。

釵頭鳳 重渡揚子江

沙邊瀨。花邊埭。泊船剛與高樓對。門開處。垂楊樹。多無聊賴，亂飄烟絮。去，去，去。紅闌外。青簾内。依稀有箇箏人在。憑絃柱。分明語。風波如此，勸公毋渡。住，住，住。

探春慢 上巳偕楊晚研、湯西崖、周桐野、沈磵房萬柳堂禊飲

宰相橋坊，橋榜爲益都馮相國所題。太平風景，那回祓禊曾到。能幾多時，再逢此會，柳亦隨人漸老。繞隄千萬樹，恁春晚、偏如春蚤。只添對酒新鶊，未有囀枝黄鳥。閒數城南唫伴。剩楊湯周沈，舊是同調。水長蘆根，烟開萍塊，此段年光最好。從遣殘陽墮，有初月、

舒眉遞照。醉尉相逢，何妨過申犯卯。馮異《暮春醉中》詩：「不須愁犯卯，且乞醉過申。」

減　蘭賣花詞

吹花風起。二十四番多到耳。紫陌紅塵。樓上新粧擔上春。　朱門誰主。舊日園丁今賣汝。入市人看。西子纔堪博一錢。《孟子》注疏：「西施每入市，人願見者，先輸錢一文。」

步蟾宫碧雲寺僧房見盆桂而作

誰移天上長生樹。是八萬四千月户。一枝來自廣寒宫，猶似帶、九秋風露。　開時也有微香度。奈冷蕊、羅羅可數。小山招隱近來稀，且讓與、閒僧作主。

桂枝香辛卯十二月，武英殿書局告竣，停免内直。填此自嘲

老郎顔駟，問霜雪盈顛，久留何事？寅入申歸，刊韵聊充外史。村夫子輩能相笑，笑日日、亂書堆裏。多年積筭，不知耗却，幾囊官米。　漫贏得、燈花送喜。似蟲魚蝕了，神仙兩字。從此投閒，免作蠅鑽故紙。柯亭劉井迴翔入，更休論省官省吏。還應自幸，身慵職散，稱優閒地。皎然詩：「外史刊新韵，蠅鑽故紙出。」《傳燈録》：「南宋謂館職爲省官。」周子充云：「省官不如省

吏，蓋嫌俸薄也。」見《老學菴筆記》。白香山詩：「職散優閒地，身慵老大時。」

水龍吟 次章質夫楊花舊韵

是誰細剪兜羅，不期而至無端墜。天生輕薄，眯人望眼，惹人閒思〔一〕。繞徑鋪氈，當階滚雪〔二〕，重門難閉。向酒旗影裏，茶烟榻畔，一陣陣，因風起。　却逐舞衫歌扇，亂紛紛、不成行綴。欲飛旋止，將離又合，乍團還碎〔三〕。最怕沾泥，微嫌罥網，差宜點水。任無情化作，浮萍若箇，洒楊家淚。

〔一〕「眯」，《原稿》作「遮」。「惹」，《原稿》作「攪」。

〔二〕「繞徑」二句，《原稿》作「氈逕吹毛，苔階滚雪」。

〔三〕「欲飛旋止」，《原稿》作「似飛旋住」。「團」，《原稿》作「挼」。

桂殿秋 題桂菊圖爲友人壽

高士宅，列仙家。秋光儘入畫圖誇。移將月裏長生樹，來配霜前不落花。

柳梢青 從廟市買菊花二本，白者先開，黄者較遲半月，戲嘲之

零露溥溥。重陽過也，菊蕊初團。本來同譜，根曾同種，花擬同看。問伊開則誰先？

似兩姓、詩人一般。白在黄前，樂天樂地，居易居難。唐末有舉子，能爲詩，每通名刺，云：「鄉貢進士黄居難，字樂地。」欲比白居易字樂天也。

賀新凉 壬辰重陽前二日，張日容招集城南陶然亭

驀過中秋後。響西風、萬梢蘆荻，萬條楊柳〔一〕。惆悵東籬歸未得，帝里又將重九。且趁伴、來開笑口。檢點尊前人如故，只病夫、廢了持螯手。時余左臂病風〔二〕。用其一，且持酒。

敝裘縫裂新寒透。記年時、隨鷹逐兔，射飛烹走。貧到今番無菊看，一醉徑煩良友。算樂事、人生難又。此會明年知誰健，問登高、還在城南否？吾老矣，莽回首。

〔一〕「萬條」，《原稿》作「幾株」。

〔二〕《原稿》作「時余左手風疾未愈」。

前調 後二日，蔣蠖广席上聽歌，次前韵

風雨重陽後。乍宵來、微雲澹月，高梧踈柳。病與樂天相伴住，消遣十常八九。更何必、櫻桃樊口。南魏北張餘音在，勝挨箏、擪笛推琵手。當此際，可無酒？

就聾雙耳聲聲透。喜主人、閉關投轄，肯教賓走〔一〕。門外泥深行不得〔二〕，老子狂呼小友。聽換羽移商

還又〔三〕。白日催年鷄催曉，問玲瓏、解唱吾歌否？拚醉倒，且濡首。

〔一〕「喜」，《原稿》作「正」。「肯」，《原稿》作「不」。

〔二〕「門外」，《原稿》作「如此」。

〔三〕「商」，《原稿》作「宮」。

好事近 自怡園聞鶯，呈揆院長。余長假將南歸。癸巳四月〔一〕

杜宇勸人歸，苦被鶯聲留住〔二〕。行到紫藤花外，有垂楊千樹〔三〕。　無心且與盡情啼，切莫管春去。知道雙甘斗酒，是明年何處？

〔一〕按，《原稿》「園中聞鶯呈院長」。

〔二〕「苦」，《原稿》作「却」。

〔三〕「有」，《原稿》作「又」。

河傳 甲午春社作

雙燕。相見。又今朝。來覓蓬茅舊巢。酒邊一旗烟外招。飄飄。緑楊紅板橋。　昨夜社公新雨足。盃珓卜。蠶麥家家熟。約比鄰。去酬神。老人。再逢得幾巡。

漁家傲 題秋漁圖

蟹舍魚莊問有無。全家活計指菰蒲。一曲烟波三四里。如畫裏。殘荷折葦蕭蕭意。　村北村南酒可沽。秋來不欠水田租。昨夜夜凉貪熟睡。呼未起。霜花濃壓船頭尾。

西地錦 咏苔

三徑久荒松菊。漸平鋪蒼玉。筍鞵新縛，蓑衣新買，映上階新緑。　髮短何愁曲局。愛雨來如沐。不教禽啄不教竹，掃又忍教手觸。陸放翁詩：「新買蓑衣苔樣緑。」劉夢得銘：「苔痕上階緑。」「石髮」，見《爾雅》。《毛詩・采緑》章：「予髮曲局，薄言歸沐。」唐人詩：「飢禽啄嫩苔。」又：「陰階竹掃苔。」

洞仙歌 秦駐山頂，石上苔長三寸許，土人呼爲卷柏。采歸養以清泉，經宿莖葉展舒，蒼翠欲滴，因種之瓷盆，冬來彌茂。《本草》所云長松，當即此種也

海山絶頂，有羣真來往。斑駁落留石壇上。任攣拳稱柏，偃蹇稱松，經幾劫，三寸靈苗無恙。　小童殊解事，隔宿攜歸，試汲清泉貯盆盎。生意突然回，扶起蒼顔，勝九節、菖蒲拄杖。果若是、雲霞洞中仙，幸勿與芝草，琅玕争長。

點絳唇 乙未寒食，鉛山道中遇雨〔一〕

行過川程，籃輿軋軋穿林去〔二〕。亂鴉啼處。衣濕梨花雨〔三〕。　兒女青紅，不踏城西路〔四〕。山無數〔五〕。丁丁樵斧。知是誰家墓。

〔一〕按，《原稿》作「清明，鉛山河口」。

〔二〕「行過」二句，《原稿》作「晶晶空江，釣絲風起漁灣箸」。

〔三〕「亂鴉」二句，《原稿》作「春糊飛去，幾點梨花雨」。

〔四〕「不踏城西」，《原稿》作「多踏橋南」。

〔五〕「山無數」，《原稿》作「斜陽渡」。

瑞鶴仙 武夷山下看道院製茶

淺瀨紋如縠。把輕篙、撑入瀾滄渡名。九曲。花宮繞林麓。也不耕瑶草，不栽黄竹。一聲秸鞠，催隔塢、人家布穀。又誰知、茶竈開時，三月石田蚕熟。　雨足。旗槍初展，院院提筐，摘將嫩緑。濃蒸緩焙，看火候，纔經宿。引微颸、吹出白雲深處，香徧山南山北。儘清流船名。滿載，筠籠何妨無宍。即肉字，見《吴越春秋》。

沁園春 虎丘買水仙，戲填一闋

根似鵾頭，葉似蒜苗，花名水仙。問仙翁仙姆〔一〕，幾時留種，不移天上，乃落人間？洛浦凌波，漢皋捐珮，想像冰肌映玉顏〔二〕。娉婷意，勝眼中多少，沅芷湘蘭〔三〕。山塘賣汝堪憐，只一本、纔教值一錢。向牆角堆堆，籬根顆顆〔四〕，漸違物性，欲攬花權。老我婆娑，爲渠愛惜，貯以青磁沃以泉〔五〕。歸來好，賽渡江桃葉，同上吴船〔六〕。

〔一〕「仙翁仙姆」，《原稿》作「仙姥仙翁」。
〔二〕「捐」，《原稿》作「解」。「想像」，《原稿》作「約略」。
〔三〕「勝眼中」二句，《原稿》作「料眼中浄掃，粉黛三千」。
〔四〕「向牆角」二句，《原稿》作「嘆牆角堆堆，多成夭閼」。
〔五〕「爲渠」二句，《原稿》作「爲伊愛惜，栽以瓷盆沃以泉」。
〔六〕「渡江」，《原稿》作「桃根」。「同上」，《原稿》作「滿載」。

前調 詠老少年，德尹以詩索賦〔一〕

鴨脚輸黄，鵶臼輸紅〔二〕，將何比妍。便粧成暮景〔三〕，未霜先豔，洗來朝氣〔四〕，得露尤鮮。

姹女司爐，嬰兒躍冶，幻出蓬頭灌頂僊〔五〕。西風裹，把丹砂一擲，倒换衰年〔六〕。笑他雙蝶翩翩，還認作、花穠二月天〔七〕。看疎疎斜倚，乍明人眼，亭亭小立，恰並人肩。涼雨簾櫳，斷霞籬落，好趁蛩聲雁影前〔八〕。秋非晚〔九〕，似者般顔色，我見猶憐。

〔一〕按，《原稿》闕「德尹以詩索賦」六字。又，此闋首見於《原稿·齒會集》，又見於《原稿·漫與集上》。《漫與集上》僅「誤它雙蝶翩躚」一句與刻本有異外，其他文字均同於刻本。此處異文出自《齒會集》。

〔二〕「紅」，《原稿》作「丹」。

〔三〕「便粧成」一句，《原稿》作「受染成畫本」。

〔四〕「朝氣」，《原稿》作「涼葉」。

〔五〕「姹女」三句，《原稿》作「姹女爐頭，嬰兒掌上，老作人間狡獪仙」。

〔六〕「一一」，《原稿》作「暗」。「倒」，《原稿》作「偷」。

〔七〕「笑」，《原稿》作「誤」。「穠」，《原稿》作「紅」。

〔八〕「涼」，《原稿》作「暮」。「斷霞」，《原稿》作「夕陽」。「好趁」，《原稿》作「長傍」。「前」，《原稿》作「邊」。

〔九〕「非」，《原稿》作「將」。

前調 蠟梅

不是陶家，不是林家〔一〕，將金鑄顔。恰避了青霜，甘隨菊後〔二〕，欺他豔雪，愛占梅先〔三〕。味無味處天然，肯便與、蜂脾蜜作緣〔五〕。看野竹如煙〔六〕，聊同倚翠，山茶似火，恥並争妍。融蠟爲珠，染梔成蒂，萬蕊千頭顆顆圓。瞿曇面，抱赤心一點，誰門嬋娟〔四〕？酒泛新鵝，塵消舊麴，時有寒香到鼻邊〔七〕。銅缾古，把一枝斜插，共餞殘年〔八〕。

〔一〕「不是」二句，《原稿》作「疑是禪家，又疑道家」。

〔二〕「恰避了」二句，《原稿》作「看黄面依從，去隨菊後」。

〔三〕「欺他」二句，《原稿》作「黄姑受聘，來占梅先」。

〔四〕「點」，《原稿》作「片」。「誰門嬋娟」，《原稿》作「不要人憐」。

〔五〕「脾」，《原稿》作「兒」。

〔六〕「看」，《原稿》作「傍」。

〔七〕「時有」，《原稿》作「待引」。

〔八〕「把」，《原稿》作「折」。「餞」，《原稿》作「度」。

東風第一枝 盆梅重放喜而有作

細剪椶毛，浄揩瓷斗，蓓蕾重添繁蕊。好風微漏春前，暗香偷攙臘尾。畫中取意，又豈在、依山傍水。逗紗窗、一點疎燈，大有横斜標致。　便開也、不捎燕觜。便落也、不粘蝶翅。苔痕緑上閒階，是伊天然位置。陳根客土，幾曾占、種花隙地。伴老夫、炙硯呵冰，寫入歲寒吟裏。

一剪梅 瓶梅

短短寒梅剪剪茨。記手栽時，到手攀時。花開先報白頭知。不取繁枝。只揀疎枝。　竹几蘆簾相對宜。可有霜欺。還怕冰欺。膽瓶就火與頻移。非定州瓷。即汝州瓷。

滿庭芳 半山舟中看桃花作

酒憶添頳，辭成曠面，風流時世梳粧。多虧掩映，傍竹倚垂楊。不費淺深斟酌，紅無賴、一意成狂。村西路，嫌他蜂蝶，抵死鬧斜陽。　舊家羅綺伴，曹衣吴帶，色色相當。問舊年崔護，前度劉郎。縱使遊蹤重到，空悵望、巷口門傍。煩説與，道永和隄畔，别有仙鄉。

金縷曲 聞潤木弟墮車傷臂，填此寄訊

卧穩東窗旭。忽有人、橋邊竹外，叩門剥啄。傳到城南墮車信，使我身如受觸。嘆門户、阿奴碌碌。黄髮爲期須善寶，奈下堂、蹞步能傷足。何況是，脱輿輻。　新豐老叟全身福。料紛紛、三公僕射，非吾所欲。鄉里兒童成項領，脊勿争馳競逐。且三折、把醫肱曲。從此歸休真上策，便白駒、瘦也宜空谷。溪畔路，想應熟。《新豐折臂翁》，見白香山詩。「折臂三公」，羊祜事，見《晉書》本傳。「墮車僕射」，王儉事，見《南史·蔡廓傳》。

梅花引 壬寅小除夜與德尹分賦

一方苔。一梢梅。殘雪初消花未開。好風來。好風來。臘底春前，韶光方暗催。　明朝便是明年節。明日立春。勿論今夕爲何夕。且啣盃。且啣盃。兄弟勸酬，白頭知幾回。

紅娘子 咏雙頭桃實，戲次沈房仲原韵

移自仙源口。可愛親栽否？楊誠齋《嘗桃》詩：「香味比嘗無兩樣，人情畢竟愛親栽。」靧面兒郎，同根姊妹，結成嘉耦。最憐渠、從小便相隨，到齊眉眉壽。　未必家家有。且喜年年又。肯被

鶯含，怕教鸚啄，忍同瓜剖。好留將、心裹兩人人，試誰堪耐久？黃山谷詞：「似合歡桃核，真堪人恨，心兒裹有兩箇人人。」

鵲橋仙 庭前香櫞一本，秋杪有脊令來巢，踰旬而雛成。適有所感，漫填此闋

燕辭秋社，鴻歸秋渚，爾獨來巢簷際。一枝穩穩又將雛，頌不了、前兄後弟。唐明皇有《脊令頌》。「前兄後弟」，出《梁書·夏侯夔傳》。 田家荆合，韓家桐老，笑問同居幾世？明年此樹若開花，便比並、詩人常棣。凡卉木新栽者，有鳥來巢，明年花實必茂。此語聞之老圃。

蝶戀花 入冬風雨，盆菊離披，折供案頭，經旬色猶鮮好，戲贈以詞

葉亞梢頭看競吐。已是經霜，又怕經風雨。手揀數枝親折取。殷勤誰似東籬主？ 半月寒窗相媚嫵，冶冶融融，出水鮮於土。不爲無花偏愛汝。有花多在人擡舉。杜牧之詩：「融融冶冶黃。」白樂天詩：「不是花中偏愛菊，此花開後更無花。」元微之詩：「大都只在人擡舉。」

敬業堂詩續集卷一

漫與集上起戊戌五月，盡庚子十二月。

少陵云「老去詩篇渾漫與」，俗本多誤「與」爲「興」。東坡先生用之，云：「清篇真漫與」，叶入語韻，可證「興」字之繆。余年衰才盡，從前媿乏驚人之句，已鏤板問世，悔莫能追。自兹以往，當日就頹唐，不知餘生尚閲幾寒暑，更得幾首詩也。

介庵上人新住古衡丙舍贈以六言二絶

其一

插竹編籬作苦，灌園抱甕忘機。嫛嫛松風吹帶，溥溥草露沾衣。

其二

老去師宜住静，佳時我定來遊。一段因緣不淺，兩條拄杖交頭。

聞許立巖侍御内陞列卿將假歸省覲喜而有寄兼呈座主宗伯公

宦途原自達，家慶復誰同。堂上尚書履，門前御史驄。望雲占喜氣，計日及秋風。預蠟陪游屐，詩成報謝公。

盆池荷花六韻七月二日

庭窄無池位，埋盆種藕芽。四年空布葉，今日忽開花。照影亭亭上，迴風故故斜。凉生三尺幔，香透一重紗。物性清難奪，人情少見誇。跏趺如可結，莫便委泥沙。用辟支佛事。

題沈麟洲覓句圖

君家遠有承，詩是東陽格。苦覓人不知，却道無心獲。

閲二日德尹芝田兩弟皆有和章詩來而花已謝次韻〔一〕

陳根抽五蕊，一朵粲新芽。野老衰遲目，仙人頃刻花。有莖仍挺拔，是葉總夭斜。畫乏施丹手，詩留護壁紗。瑶池歌已遠，玉井語徒誇。若要顔長駐，除非伏火砂。

〔一〕「次韻」，《原稿》作「再次韻」。

許立巖見過村居

茆齋無客到，門刺荷相投。水長萍浮岸，橋低石礙舟。六年驚易過，一飯挽難留。忍作怱怱别，蒓鱸已報秋。

喜雨集陶

重離照南陸，炎火屢焚如。夏雲多奇峰，近瞻百里餘。田家豈不苦，似爲饑所驅。白日淪西河，始雷發東隅。神淵瀉時雨，好風與之俱。良苗亦懷新，繞屋樹扶疎。農務各有歸，吾亦愛吾廬。悠悠待秋稼，且還讀我書。即事多所欣，慰情良勝無。

戊戌秋陶菴中丞由粵東巡澥入都道經吾里枉使見存山肴村釀追送于黄灣傳舍長律志别十六韻

道遠驅馳數，恩深出入勞。兩年開幕府，六月載星旄。溟展垂天翼，山移戴角鼇。先聲飛組練，小隊偃弓刀。當暑佳眠食，沿途戒驛騷。僕夫非况瘁，王事有游敖。重譯銷熢燧，單車沛雨膏。來觀滄海日，及賦曲江濤。中丞于中秋後一日渡錢塘。竊聽詩篇富，懸知氣象豪。前旌臨敝邑，枉訊到吾曹。衰賤才何有，先生誼獨高。昨容修刺謁，今許贈言叨。先生許爲余作詩序。後會殊難卜，餘歡又一遭。吟還催剪燭，節欲近題糕。野餉攜蔬蔌，村沽載濁醪。敢邀騶從辱，三徑滿蓬蒿。

閏八月望夕桂堂小飲芝田有詩次其韻

菊叢未吐桂叢幽，前度追驩發興猶。月轉黄昏成白晝，天回寒露作中秋。明日爲寒露節。安排格韻酬詩敵，牽率茶僧預飲流。謂得泉法師。三十八年同一夢，夢闌忽失少年遊。庚申閏中秋，余客黔南幕府，今三十八年矣。

寒露後六日偕東亭德尹曾三芝田諸弟集季方兄曉天書屋芝田以詩索和次原韻

不然已過登高會，霜露中分閏月天。家有弟兄如老友，身除疾病即頑仙。夜涼庭桂殘香候，秋澹籬花嫩蕊先。累爾轆轤頻下汲，近來唫思似枯泉。蘇子由詩云：「老人詩思如枯泉，轆轤不下甕盎乾。」年來每有宴會，芝田必首唱索和，故云。

重九雨中偕諸兄弟赴曾三之招

齒會寧嫌數，佳辰不憚勞。門前泥滑滑，堂外雨嘈嘈。軟美糕蒸栗，鮮肥蟹擘膏。海山青似染，縱目勝登高。

後六日德尹治具邀諸兄弟登龍山小憩西林庵再過妙果山房看菊二首

其一

忽聞乾鵲報檐聲，昨夜猶防雨阻行。雲日放晴天有信，霜風吹鬢帽多情。同遊特許緇隨素，一醉頻煩弟勸兄。不負年年爲此會，鄉山洽恰占佳名。

其　二

五日爲期六日遲，流光如駛詎堪追。菊尋西社初開處，楓愛吴江半落時。興到儘拚雙屐往，力稀全靠一筇支。笑將閒事成忙事，已補登高又補詩。

立冬後二夕大雷雨

夏令冬行虐，陰陽變慘舒。蟲經坏户後，雷似發聲初。窗裂新糊紙，簷鳴暴漲渠。一燈愁不寐，細檢五行書。

長至前後經旬苦雨田租不入厨人告米罄適芝田弟詩至和以遣懷

薄田纔二頃，歲入給官私。小縣開倉蚤，秋糧例於十月朔開徵。荒村得米遲。連旬多凍雨，來日乏晨炊。誰道衡門下，洋洋可瘵饑。《毛詩箋》：「『樂饑』作『瘵饑』，義與『療』同。」

閱邸抄知副相揆公奉特旨予謚文端感賦一律

易名事大敢輕論，忽聽綸褒下紫閽。兩字克當何媿色，九原可作詎孤恩。本師君不忘胡震，用李贄皇集中事。受業人終笑孔璠。却望寢門遥破涕，借將朝典慰吟魂。

小除日翁蘿軒見餉橙橘

鄉風稀餽歲，遠信自當湖。磊落承筐實，紅黄照座隅。偷嘗無婢妾，繞膝有孫雛。計口分甘徧，餘存逮老夫。

己亥元旦二首時余年七十。

其一

蚉梅殘雪散氛氲，春色三分過半分。上日幾逢兼雨水，半月前立春，今日交雨水中氣。吉占且喜有風雲。《史記·天官書》：「正月旦，欲終日有雨有雲，有風有日。」閒門掃軌眠方穩，絶塞傳烽耳怕聞。歲事推遷成舊物，屠蘇又是六回醺。余歸田已六年。

其二

須髩皤然齒豁然，杖鄉以後杖朝前。所慚客拜長遲答，若問吾車已蚤懸。兄事無人難諱老，一月前，連喪榆村、季方兩兄。《北史》：「傅永常諱言老，自稱六十九。」養生有論笑希仙。當前任放兒童戲，記得身騎竹馬年。白香山年七十有詩，云：「大曆年中騎竹馬，幾人得見會昌春。」

元宵家宴

冰雪經旬卧，欣逢霽景澄。不辜滄海月，又點草堂燈。酒力春寒退，年光老態增。傳柑虛故事，回首望觚稜。

春分後五日雪

冬暖梅全落，春寒柳未柔。浹天雲淰淰，蔽埜雪浮浮。漸補茆茨缺，微添石磵流。芒鞵閒挂壁，二月尚重裘。

留硤川五日歸來牡丹盛開

不知人世有繁華，春去渾如轣轆車。公道肯饒頭上髮？吾生且看眼前花。風翻雨打無欄護，日薄雲輕抵幕遮。贏得村鄰詫奇事，麻姑又到蔡經家。

風雨中自禾郡攜歸白紫二色芍藥芝田有詩索和次來韻

半月花情閲牡丹，將離與展後期寬。兩叢買取淺深色，一艇載將風雨寒。白髮衰翁羞獨對，紫衣年少笑相看。多緣我相生分别，可愛羊脂愛馬肝？

七十生日德尹以詩五章爲壽次韻酬之

其一

影與形俱步步隨，兩情一味似兒時。未成學業年加長，有限精神日就衰。削草舊存師授《易》，余近輯《玩辭集解》，半出黎洲先生《象數論》。災梨新刻手編詩。薺甘荼苦從誰説，我外唯應爾得知。

其　二

文瀾筆陣一時平，勿問人間子墨卿。竹簟茅檐存晚計，玉堂金殿話前生。達如南郭原無偶，痛比西河未喪明。也與老萊同七十，只除顔色不如嬰。

其　三

蚤知老病合休官，不謂居貧爾許難。蟻穴隄防非一缺，燕巢泥補取麤完。時方修葺屋宇，故云。盤登苦苣傷蔬没，出少陵詩。園有甘蕉被竹彈。沈休文有《修竹彈甘蕉》文。萬事轉頭多失策，彊憑筋力與追騹。

其　四

家門樂事人言少，先後相尋賦遂初。藥樹陰交扶杖立，茶煙風遞隔牆居。回思壯日多岐路，容易頽年共敝廬。且喜手栽梨棗熟，斷無荆棘待芟鋤。

其　五

椿菌何分大小年，多生緣境在雲泉。慧輸靈運希成佛，詭託曼都號斥仙。求友孰踰兄弟好，貯書頗望子孫賢。繞身笑指叢殘架，個是先生二頃田。

老友王子穎移家沈蕩遠來爲余稱壽詩以謝之

太息同儕略喪亡，天留一老作靈光。己未夏，集殖和堂者十人，今唯子穎及余兄弟在耳。豪情減後難忘友，宦業貧來易去鄉。共研分燈論往事，烹葵剪韭勸餘觴。我如蒲柳君松柏，七十還輪八十彊。王年八十一矣。

端陽後四日盆荷作花

老夫生日纔過二，又向花前引一杯。合被兒童傳好語，去年六月未曾開。

酬徐茶坪兼題其詩集次竹垞贈徐舊韻

余生值惡月，微類繆占雀。用《唐書·崔信明傳》中事。侵尋感耄及，交舊久離索。方當鐵化魚，忽訝玉抵鵲。凌朝來信使，剥啄扣門闟。猥煩徐佐卿，遠致一隻鶴。是時夏苦旱，村舍甚熏灼。清風穆如至，九鎖爲啓鑰。好句滿緘封，俄倒囊傾橐。大雅世誰陳？斯人獨歌咢。擾龍作家畜，遇虎以手搏。豪健力所勝，仰擲俯奚怍。泝源杜韓氏，變化出榘矱。其質儼陶匏，其文匪粉雘。羹鯖飽千臠，湯茗快一瀹。幢高有精進，輪轉無退却。長鳴得子和，謂思肖。又肯縻好爵。足知造化爐，金火謝外爍。不争屈宋艷，詎笑齊梁弱。自我畦徑開，傍誰樊籬託。固宜與時背，方枘難入鑿。此就詩論詩，於焉得大畧。吾尤服其品，拔俗高逴逴。蚤成名進士，宦海恥涉脚。問時年幾何，陸機初入洛。行藏斷諸内，韁鎖遽擺落。厭踏嚴城鼓，愛聽蕭寺鐸。掇第如摘髭，視官如棄䩫。述庚辰春夏間，君登第後事。却歸研經史，心跡雙寂寞。到今二十年，嗜古勤逾恪。憶昔潛采翁，竹垞也。論文慎唯諾。從君賞才藻，昆友並淵博。一孔一針投，有若絲在籰。翁今宰木拱，君復傷棣萼。不有宿好敦，晨星孰聯絡。王楊數儕輩，非曰乏富駱。眼獨爲余青，書來篚刮膜。何時浮震澤，放棹下三箬。傳柝聞魯邾，計程殊閩貉。佇待暑暍蠲，微凉度疎箔。閒攜石麟子，過我履交錯。滌除騷士悲，披拂風人作。尚欲丐餘波，潤兹轍鮒涸。敢云奏刀手，薄技呈灑削。棗梨甫被災，落葉費掃掠。書來索余集，時剞劂初竣，方在校勘譌字，故云。亂堆方丈室，旁少一弓拓。然而不自鄙，顧哂子雲閣。荷君附同調，有味寄澹漠。君豈終山林，吾宜置邱壑。長虞岐出處，庶望互評泊。相期覿面論，雙榼當對酌。時以雙酒榼見貽。

苦旱行

祝融不卹爲農苦，晴過三旬竟無雨。欅桲上水遠灌田，日炙風吹變剛鹵。幾家結伴還插秧，秧針嫩緑旋旋黄。千畦百隴仰灌溉，河底行見輕塵揚。君不聞潮聲撼塘岌岌殆，外溢中乾兩相倍。眼前勿作雲漢憂，或恐桑田遂成海。

苦熱唫

水如沸兮山如焚，青天白日兮騰火雲。雨師潛蹤兮風伯避，爰有蠅蚋兮薨薨成羣。晨餐兮廢飭，夜無眠兮徹曙。半年傳舍兮三易官，煩暑不隨兮酷吏去。時吾邑署令將離任。吁嗟嘻！若教暑退吏尚留兮，二者相較其誰尤兮，我唫苦熱熱猶可支兮，世無凉土去此安歸兮。《北史·嚈噠國傳》：「夏遷凉土，冬逐暖處。」

抱膝圖贊并敘

孔明抱膝隆中，其志殆未易測，史家謂其嘗自比管、樂，世遂以英豪目之。觀其《誡子書》云：「静以修身，儉以養德。」又云：「學欲静也，才欲學也。」多是聖賢分上語，豈屑以霸佐自命者哉！許子純也，性静以儉，有才而篤學。命工寫照，以「抱膝」名圖，吾知其所取，固在此不在彼也。因發其指，而系以贊。曰：

聖賢之道，與襍霸異。孟卑管功，孔小管器。史官失職，世降而季。屈王佐才，侔於功利。

彼卧者龍，孰窺涯涘。當其抱膝，悶如遯世。洎乎遇主，適會時至。于焉致遠，於焉明志。儒者之效，章章如是。我師古人，得其大意。緊惟神契，非曰形似。學崇厥基，才歷乎試。是庸作贊，拭目以竢。

中元後復有江右之役吴尺凫浣輪兄弟招同翁蘿軒章豈績楊東崖柴陛升吴志尚成桂舟馬寒中家可亭飲繡谷軒席間多賦詩見送别後寄答一首

新知舊好極纏綿，唱觴歌驪惜此筵。漸老漸稀朋酒會，忽晴忽雨早凉天。身隨筆墨爲人役，時白中丞招修《江西通志》。影落江湖秖自憐。霜雪滿頭閒未得，五年三上富春船。

雨後發常山將抵玉山縣途中復遇大雨

一溉功無及，三秋喘未蘇。時浙東久旱，暑猶未退。官徵山縣賦，户減石田租。樂土今何處，衰年復此塗。油衣非瓦屋，寧免載霑濡。

舟發玉山遇順風止挂半帆楊東崕有詩戲次原韻二首

其一

罟師今日奏奇功，快意多生美滿中。杜牧詩：「千帆美滿風。」此理乘除看爛熟，上灘連遇石尤風。數日前阻風貌頭。

其二

碓牀夾岸湧盤渦，電掣雷奔瞥眼過。老怯風波吾已慣，被君翻作《半帆歌》。

過貴溪哭同年王辰巘

同年餘幾箇，小別死生分。老去常爲客，重來又哭君。前過嚴州哭詹廉夫，今又喪我辰巘。政條留邑乘，歸櫬阻秦雲。出拜多𥜥褓，兒啼詎忍聞？

水蛾嘆舟人云：「江湖間，每八月此蟲出，三日則止。天所以資魚食也。」

我聞宵蛾赴火死，今見飛飛晨赴水。成羣百萬蔽江來，江闊風高颺不起。嗟爾之生良已微，捐軀適救魚鼈饑。可憐水火均不免，兩翼原來是禍機。

中秋南昌書局對月限韻

又作殊方會，牽牛昏正中。客程千里外，鄉語一尊同。快讀新詩句，東崖疊韻詩，即席先成。閒思舊桂叢。愛眠辜好月，莫笑白頭翁。

白近薇中丞席上賦贈

衰遲重作豫章游，直爲徵書禮聘優。座上開尊傾北海，花間懸榻下南州。交情到我真青眼，事業如君尚黑頭。共識此邦文獻古，編摩須仗網羅求。

雨中藩長許孝超年伯招飲紫薇堂

早從才子識高陽，卅載通門綴末行。花底清談銷積暑，城頭片雨送新涼。圖書列屋開東壁，絲竹留賓到後堂。誰似先生風義古，下車下榻兩難忘。次君條侯，癸酉同舉京兆。

與祁鶴亭臬長話舊

重來仍款款，昔別悔匆匆。遇我非今雨，於君見古風。閒能空訟鞫，雅喜接詩筒。慚媿相投句，猶蒙記憶中。

南昌李少峰明府見示詩刻題贈一首

作客逢仙吏，投詩見楚材。汗青千古事，浮白一編開。地遠蛟龍伏，秋空鸖鶴來。同年有難弟，末契託追陪。令兄眉山與余癸未同年〔一〕。眉山，一作「眉三」。

〔一〕「眉山」，《原稿》作「眉三」。

重陽前四日許藩長送鞠〔一〕

開徑無黄菊，敲門到白衣。瓦盆親位置，籬落有光輝。時寓庭新設竹籬。不礙看花晚，偏宜摘蕊稀。重陽思共賞，留取借書缾。是日兼餉酒。

〔一〕「鞠」，《原稿》作「菊」。

明日雨中祁臬長李南昌復送菊以詩索和

滿目皆秋色，何煩冒雨尋。自增幽谷趣，不起故園心。地主風流接，生涯節序侵。懸知簿書暇，亦未廢清唫。

次鶴亭臬長重陽菊未開韻

風雨開緘引興長，滿庭菊蕊尚含香。詩逢高調難酬和，人到中年易感傷。時鶴亭有悼亡之感。未免有情成結習，從來名種必遲芳。題糕頌酒渾閒事，添得連朝一段忙。

重九喜晴偕諸子遊東湖百花洲得高字

初聞簷雨響蕭騷，漸吐晴光散鬱陶。萬事古來難逆料，一年今日又登高。城隅宛轉黄沙岸，檻外參差白雪濤。講武亭空僧舍古，幽清直覺勝江皋。

再過憩雲菴訪心壁禪師得登字

川光雲影恣憑陵，掌握猶餘佛面藤。愛續清遊無外客，閒追往事問南僧。當筵落帽狂何有，踏屐尋詩老尚能。世出世間同此樂，太平時節報三登。白中丞曾禱雨於此，時雨公亭初成。

是日李少峰劉敬臣兩明府復邀遊列岫亭再限重陽二字

其一

良辰賢主兩難逢，有約來聽郭外鐘。古寺出門風浩浩，晚山隔岸翠重重。南飛渚有隨陽鳥，北走江如掉尾龍。露白蒹蒼遥極目，知從何處采芙蓉。

其二

此間名勝擅滕王，别有孤亭著北岡。題壁我留清氣味，快晴天假好風光。徑須酩酊酬高會，何必登臨定故鄉。借取一鳴詩作結，今朝第七十重陽。末句用司空表聖成語〔一〕。

〔一〕按，《原稿》此句後接云「余今年恰七十，故用之」。

後一日白近薇中丞招遊百花洲

琉璃凝碧寫金天，擇勝攜觴此地偏。賞接賓朋連九日，恩加魚鳥及三年。蓬壺别境通花島，簫鼓中流少畫船。百度知君多舉廢，眼前豈獨一亭然。地爲講武亭故趾。

題秋江返棹圖送心壁禪師歸廬山開先寺即次九日過訪韻〔一〕

閣上留題記石淩，巖頭已長到天藤。師應勿拒重來客〔二〕，我亦曾爲過去僧。小劫如風吹易過，勝游似夢續難能。撥開雲霧全身現，誰謂匡廬不可登？

〔一〕「璧」字疑爲「壁」字之誤。《原稿》作「璧」。

〔二〕「勿」，《原稿》作「弗」。

雨公亭詩爲白近薇中丞賦次鶴亭觀察原韻

後樂先憂視此亭，誰施妙手繪丹青。爲霖預卜君臣契，被澤旋教婦子寧。大有兩書傳列郡，屢豐一頌徹彤庭。從今箕畢占長驗，不用山川更乞靈。

同諸子步至李紹津家看池上木芙蓉

其　一

不乘籃筍不扶筇，步屧相將喜過從。一片秋光開老眼，御書樓外看芙蓉。

其　二

曲欄渾似野人家，倒影盆池落綺霞。紅白淺深皆可意，最憐渠是後開花。

其　三

殘陽西墮月東升，霜氣初消露氣蒸。座客微酣花亦醉，不勝情態兩瞢騰。

其　四

臨别殷勤又一杯，半開時節勝全開。心知爛熳無多日，日日閒須日日來。

盆菊初開連朝苦雨移盆入室即事成詩

擔頭分得籬邊種，繁蕊争開四十窠。幸免後時霜凛冽，難禁連日雨滂沱。高人避世今餘幾，好友登堂儘愛多。珍重詩翁擡舉意，莫教一老便成莎。戴石屏詩：「菊花雖老不成莎。」

立冬日招李少峰偕寓中諸子賞菊限韻二首

其　一

自我來居此，真成野老家。編籬分井竈，啓户納烟霞。已涉初冬節，還看九日花。勿辭開口笑，白髮鬬霜華。

其　二

逡巡初有待，爛熳忽齊開。似戀羈人住，兼邀好客來。澹交論臭味，薄設忝尊罍。相勸陶彭澤，能無盡興回？

大雨枕上作

狂飆裂紙牕，徑入臥榻前。吹萬豈可息，我衰自無眠。寒燈澹孤光，月落庭西偏。却觀鼻端白，一寂謝衆喧。

殘　菊

娟娟盆中花，黄白各自好。霜風一披拂，甘作科上槁。人情委牆角，枯菀孰相保。我欲餐其英，毋令儕庶草。

聞鶴亭觀察陪白中丞西山行圍却寄二首

其　一

蒭蕘雉兔與民同，纔了農功纘武功。見説山深無伏莽，滁塲時節詠《豳風》。

其二

急雪重裘九月寒，塞山三度記隨鑾。須防見獵初心在，矍鑠猶能起跨鞍。

白中丞以御賜鹿條分餉賦謝二章

其一

山莊地是古興桓，别展圍場千里寬。白露節前行射鹿，丹楓林外想回鑾。榮光遠自雲端下，珍味原同席上看。奏使歸來傳異數，似聞天語勸加餐。

其二

一味無私惠愛均，黄封重疊荷分珍。似憐白首羈棲客，曾作青雲扈從臣。尾割紫瓊親拜賜，元耶律楚材《鹿尾》詩：「微香馥馥紫瓊漿。」條烹紅玉又嘗新。詩成却笑西川杜，菜把園官是主人。杜工部《園官》詩云：「清晨送菜把，長荷地主恩。」蓋未嘗拜嚴中丞之貺也。

有感二首

其一

齒豁頭童一秃翁，依然自課比蒙童。滄桑漸遠傳聞異，文獻無徵感歎同。論出一時雖衮衮，事關千古敢匆匆。轉慚虚下陳蕃榻，不作州民作寓公。

其　二

自別家來倏九旬，枯桑海水夢紛紜。心銜清宦虚分俸，頭責先生老賣文。雨雪欲衝千里返，江湖只被一山分。如何兄弟天南北，不及隨行鴈有羣。久不得潤木中州信，頗以爲念。

瑞雪唫爲白中丞六十壽

歲己亥冬建丑月，臘尾春前十三日。中丞周甲際斯晨，萬里祥光飄玉屑。滿城霧凇呈奇卉，拔地霜松挺高節。孺子亭邊一片明，元嬰閣外千重白。中野頻來集澤鴻，豐年預卜連雲麥。家家飽暖挾狐貂，處處謳歌騰巷陌。天然圖畫入屏障，此景難憑粉繪設。瓊枝琪樹佳子弟，水鑑冰壺好顔色。眼前無物可容塵，世上何人堪比潔。肝腸如此天所鑒，公豈自誇人盡識。野夫今年年七十，來作南州老賓客。擬披鶴氅去登堂，快與先生吟瑞雪。

立春前三日南昌李明府送春牛至口占四絶句

其　一

滿城積雪尚堆堆，半月堅冰未肯開。忽漫雪消冰盡釋，門前簫鼓送春來。

其　二

青角烏牛白作唇，勾芒中立與鞭春。李涪《刊誤》云：「《月令》：出土牛以示農耕之早晚。其年立春在十二月晦，則策牛人當中。立春在正月望，則策牛人在後。」硯田别有耕犂叟，已是年開八秩人。「年開第八秩」，香山七十一歲詩句也。

其　三

也擬看春出曳笻，怕人笑我太龍鍾。不知柳色東郊路，再得餘年幾度逢。

其　四

眼前物换又星移，爲報風流邑宰知。印鎖未開閒趁取，急傳箋遞送寒詩。

立春日楊東崖次前韻四首屬余再疊

其　一

敗筆叢書擁作堆，閒門除雪徑初開。村夫子舍了無事，大似殘冬放學來。

其　二

風光劒首劇吹唇，白髮平分一半春。三十五年真大夢，陳人猶自作勞人。甲子春，余客此，今三十五年矣。

其　三

支扉不出廢支筇，隨分鄰沽呷兩鍾。細檢曆元重記日，立春甲子幾曾逢。

其　四

擊鉢聲中漏乍移，燈花未卜已先知。打乖近得堯夫訣，傳取羊何論卷詩。

人日喜辜孝廉會可至即次去年初入書局原韻

白須紅頰氣横秋，入座争輸第一籌。勝裏有花如送喜，眼前唯醉可銷愁。新年未爽尋梅約，好友何煩出谷求。廊廟山林俱分定，勸君莫作杞人憂。時聞西陲將出師。原作有「江湖時有廟堂憂」之句，故云。

元夕陪白近薇中丞滄浪亭燈宴

湖亭佳處郭泉偏，元夕剛逢雨霽天。碧浪影翻空際月，紅雲光拔火中蓮。開成爛熳千枝艷，散作溟濛萬井烟。共識與民同樂意，滿城簫鼓卜豐年。

傷李氏外孫朝英

六歲初從傅，居然骨骼成。見人知禮數，憐汝太聰明。殤後嗟無服，悲來劇有情。可堪遲莫眼，灑泪爲彌甥。

屋漏詩戲次陳揺上楊東崖唱酬韻

昔漏恒在雨，今漏乃在雪。雪來絮飄揺，雪止汁淋瀝。居停同露宿，夢作載胥溺。寧煩中流壺，賴有中唐甓。家僮習承霤，仰面工伺敵。一瀉如懸河，餘聲猶點滴。

哭李壻暘谷二首

其一

明珠乍失掌中珍，一慟寧知竟殞身。生怕迴腸唯弱女，死難瞑目爲重親。短長夢欠從前債，露電光銷過去因。盡賣琴書供薄殮，世家誰信本來貧。

其二

頭白歸來所向窮，哭兒哭壻六年中。每因小別愁余病，豈料重來送汝終。事到傷心難自遣，天留望眼頓成空。分明識得泥洹路，何取人間作老翁。

傳經圖詩柴陛升屬賦

自從科詔興，六籍傍注脚。先生玉爲律，子弟珠在握。修畛接菑畬，連楹開講幄。主張三尺喙，出入四寸學。九牛羣附毛，五鹿罕折角。可憐遺經在，例取束高閣。前聖多微言，斯人孰先覺。柴生名父子，雅慕過庭樂。淵源想授受，俗筆恥輕搦。向來逐時趨，有力不如犖。回思巾笥業，至味餘香礭。髣髴圖畫中，梓材勤樸斲。人生不朽名，豈必一第擢。舉場雖云淹，世澤優且渥。傳家庶無忝，作計良已慤。我亦章句儒，詩成有餘怍。

白近薇中丞招遊廬山信宿秀峰寺得詩四首

其一

開府香山後，匡廬洵有緣。官雖膺節鉞，性自愛雲泉。騶騎行長減，齋壇禮必虔。每逢三月節，來此祝堯年。

其二

御扁名新换，山門向不移。法雲開麗刹，佛日獻晨曦。賓客蓮花幕，郎君瓊樹枝。不嫌衰賤跡，兼與野人期。

其三

舊識金繩路，重叅玉版禪。却從扶杖日，數到入山年。壬申八月，余游開先，心璧禪師亦於是歲十月來主法席，今二十九年矣。白社名相亞，靈峰會儼然。所慚根器鈍，得道讓兄先。心公長余一歲，禮當稱師兄。

其四

玉峽挂雙龍，飛來自半空。風雲聲忽合，山澤氣常通。法乳流相續，僧庖給不窮。漱牙還洗眼，兩度記衰翁。

過萬山寺有懷熙怡長老

我愛熙怡叟，對人雙耳聾。重來門徑改，久坐影堂空。雲氣微茫外，湖光隱見中。萬杉何處是，叟叟但松風。

重憩棲賢寺有懷角子禪師

再到棲賢寺，蒼凉憶角師。雨中煩設榻，燈下對論詩。存殁初難料，興衰各有時。袈裟來揖客，舊識小沙彌。

恭謁白鹿書院

五百僧房外，巋然一講堂。曾蒙君子教，湯惕菴前輩曾主教洞學。似到聖人鄉。六代詩書澤，千秋翰墨光。大成殿懸御書扁額對聯。老思歸宿地，端合掃門牆。

舟發南康不及過圓通寺聞老衲杲庵年八十餘精力尚如故以詩寄之

名僧多示寂，壬申秋，住持東林曰宗雷，西林曰宗魯，大林曰同如，萬杉曰熙怡，棲賢曰角子，黄龍曰眉生，今皆下世。賸爾古須眉。夢想曾遊處，亭憐夜話時。圓通寺夜話亭，歐陽公與居訥故蹟也。此身俱向老，再見恐難期。石畔逢圓澤，三生未可知。

星子毛明府餉廬山新茶

山中摘得火前春，箬籠分嘗味取新。我苦校書君作吏，暫時相對作閒人。

答湯碩人見投三章次原韻

其　一

南豐湯仲子，投我好篇章。世講久彌篤，交情淡故長。探懷餘漫刺，入坐接清光。翻惜相逢晚，須眉各老蒼。

其　二

此地論文獻，君家一老泉。富留書萬卷，貧守屋三椽。宦業鄉人諱，儒風令子傳。滄桑多少事，援筆意茫然。

其　三

世味酸鹹外，才名出處中。追游憐雨散，持論戒雷同。冉冉年垂暮，栖栖道豈窮。數行相慰藉，別後見深衷。

題李次侯太守小照

《白沙翠竹》曾題句，十八年前爲司農公題《白沙翠竹江村圖》。當日將君比鳳雛。十八年來留望眼〔一〕，重看老蚌出雙珠。圖中兩郎君侍立左右。

〔一〕「十八」，原本作「八十」，誤，據《原稿》改。

題亡壻李暘谷小像

跅弛之才，馴良之德。何以馭之，勿盡其力。一解。人間逸足，一日千里。勖哉十駕，終期至止。二解。昂昂家駒，覲游泮渙。齒雖加長，塗未及半。三解。吁嗟殞矣，神理則那。式瞻遺挂，傷如之何！四解。

題朱茀園耡菜圖

食肉何當更食魚，算來無味比園蔬。勸君勤把金鴉觜，種後工夫尚費鋤。

南昌客舍贈别及門樓敬思赴廣州理猺同知任

劉髯名諸生，才氣壓流輩。曾攜一尺管，出入三殿内。憶昨直武英，纂修端汝賴。囊錐看脱穎，萬里宰苗寨。初任粤西靈川縣。手掃烏白蠻，如鉏薅草艾。屬鞬偶然事，竟以功奏最。邂逅兩中丞，陳乾齋、楊天爵。薦剡趣入召對。至尊記名姓，寮寀增盻睞。去日雪瀌浮，來時浪澎湃。南州重見面，歡喜出意外。告别乞贈言，行赴五羊倅。官非百夫長，顧領弓刀隊。公然專城居，唯諾視進退。猺兮亦民耳，在宥託覆載。牧之則牛羊，攖之則蜂蠆。皇天本好生，赤子彼何罪。使君來撫字，兹理諒不昧。男兒屬有才，官職大可耐。守身等藏器，况乃高堂在。三年詎久淹，典郡屈指待。子壯我衰頽，後期恐難再。殷勤效苦語，凡百幸自愛。

陸聚緱楊東崕自豫章歸應本省鄉試口占一律贈行

西陵來往渡，南浦别離筵。得路寧論晚，同舟况是仙。陸應慚顧後，楊肯讓盧前。倚賴秋風便，佳音望蚤傳。

周子象益竹垞先生外孫也將歸索句贈以二章

其一

甌舫竹垞齋名。流風在，名家世孰如。魏舒真宅相，王粲且傳書。雅量能容衆，清言足起予。摶扶看直上，無分借吹噓。

其二

學力君加富，年顔我就衰。江天星復散，人世首重回。會合知何日，殷勤盡此杯。應憐歸未得，一老尚風埃。

中伏日題瑞金楊季重秀才深隴梅花圖二首

其一

我昨曾遊大庾嶺，梅花臈月已全開。君家想在畫邊住，那不叩門衝雪來。

其二

矮屋疎籬曲曲通，何來一陣過溪風。人間炎熱無處避，好入先生詩句中。

七月二日大雨

昨日日蝕今日雨，陰陽氣候迴不同。九津怒漲北流水，一榻快受西來風。威挾雷霆尋丈外，氣蘇草木須臾中。牀頭有酒且獨酌，不覺連酾瓶爲空。

白中丞内擢少司農以述懷詩索和次原韻疊成四章兼以奉送

其　一

西江清望冠羣倫，帝眷寧容遽乞身。公時引疾，奏請辭職，奉特旨内陞。及見仁風翔率土，洵知直道在斯民。時方入闈，士子皆不肯赴試，意在攀轅也。分頒條教家家奉，入告封章字字真。漫説武陽遺愛古，何如今日滿江津？

其　二

善政年來次第陳，先憂後樂總關身。波濤脱險便商旅，雨露流膏徧士民。功被千秋心轉細，碑傳萬口語皆真。臏留一事逡巡在，未濬三湖及九津。公嘗欲開豫章溝以蓄洩東湖之水，故及之。

其　三

出膺旄節入垂紳，遠近同歸祇潔身。地重何妨卿是貳，風清尤喜部稱民。匡時有道持孤介，報國無慚任一真。貪把新詩再三讀，篇終餘味尚津津。

其　四

南來小住俄經歲，萬卷堆中寄此身。下榻久欣依地主，僑居直欲作州民。雲泥相望殊懸絶，筆札時傳恕率真。怪得臨分猶戀戀，白頭無望客中津。時志局告竣，余亦將歸矣。

讀易至噬嗑適德尹以黄芽菜見餉戲拈一首

噬肉何煩滅鼻爲，頤中有物好觀頤。齒牙落後剛難克，舌在差於軟美宜。

客江西踰年歸來庭花盡萎惟紅梅一樹無恙徘徊其下偶成一律

百卉全摇落，孤標省見稀。鬬節枝並瘦，刮目蕊添肥。去作經年別，來如度嶺歸。從渠開早暮，與驗發生機。

臘寒

澤國愁冬旱，茅齋閉積陰。臘前雷忽奮，歲杪雪方深。半月前雷電交作。苦竹叢相亞，疎梅冷不禁。負暄宜野老，人有向陽心。

敬業堂詩續集卷二

漫與集下起辛丑正月，盡壬寅十二月。

辛丑元日用數目字口占八句

吾生七秩又加二，五老今爲最老夫。同宗五人之會，余年居長。兄弟四人三並宅，兒孫八輩半將雛。從歸田後九年矣，自反胸中一事無。幸戴堯天逢再閏，龍飛六十效嵩呼。

題女史陳書畫松

蒼顏白甲，之而拏攫。振五鬛兮三針，瀉長風兮一壑。人稱矯矯之龍，自比亭亭之鶴。噫！世無張璪與畢宏，乃令閨中女士爲汝填丹青。

八日立春德尹招同諸弟小飲

纔過人日恰逢春，隔宿招邀及令辰。臘雪消檐呈獸瓦，凍醪吹琖起魚鱗。追驩夢忽踰三載，榆村、季方兩兄殁於戊戌之冬，此會久踈矣。門健天猶賸五人。一事能無嗤過分，華燈不稱在家貧。時潤木自洛中寄燈至。

驚蟄前二日偕寒中德尹西阡探梅

夜聞枕底殷殷雷，曉約酒伴尋春來。流雲欲釀社翁雨，驚蟄尚慳人日梅。南枝北枝渾未動，一朵兩朵俄先開。婆娑其下索共笑，頭白更何煩汝催。

後七日曾三弟招同諸弟再過西阡看梅歸飲其齋中續成一首

耀眼千頭與萬頭，十分可有一分留。但逢酒熟邀同醉，不遣花開悵獨游。老至幾曾辜節物，頻來直爲近松楸。杖端攜得苔枝去，趁取燈前爛熳酬。

雨中得川法師攜新詩見示兼謀及卓庵地因次東林講席韻贈之

唫興吾全減，煩師爲鼓宮。病堅持戒力，閒得念經功。有路宜防滑，無塵可礙空。一瓶兼一鉢，萬事付痴聾。

春寒

臘雪兼春雪，春寒甚臘寒。池冰開復結，野服裌如單。啓户憐羣蟄，移盆誤蚤蘭。静中諳物變，應得後時看。

四月二十二日喜得曾孫命名長齡詩以志之

其一

昔作京華客，曾傳孟浪言。數年前友人至京師，傳余已得曾孫。及接家信，乃曾孫女也。十年留望眼，今日慰衰門。所幸男非女，誰爲祖抱孫。同堂湯餅會，老淚暗添痕。傷大兒也。

其　二

鬖髿何須鑷，孫枝又茁庭。渾忘吾短景，且祝汝長齡。仍世慙黄甲，他年免白丁。方岳《石孫受命》詩：「得免白丁奚啻足。」留傳窮事業，十葉有專經。予家自大理公而下，衣冠凡十世矣。

黄梅無雨嘆

舍南舍北單鳩鳴，入梅入時一月晴。藴隆蟲蟲地欲裂，日出杲杲天無情。人間只有爲農苦，天且不憐誰恤汝。踏車時節亟催科，敲朴聲中泪成雨。《吴郡志》：「吴人以芒種日謂之入梅，後十五日謂之入時。」

夏　夜

星火乍明滅，螢光入檻流。近來渾少睡，夏夜長於秋。

久旱田禾多被蟲蝕鄰翁來告紀之以詩

氣贏滋百螣，《毛詩箋》：「螟螣之屬四蟲，盛陽氣贏則生。」《月令》：「百螣時起，是陽行而生。陽盛則蟲起也。」旱魃爾何驕。赤壤沙泉涸，青天野火燒。憑誰祈好雨，無力救良苗。亦有憂時意，徒歌漫作謡。

佛抱入泮名基德尹長子也

屬望無窮在，員纔弟子充。禮應加冠字，年甫及成童。弓冶名家後，門閭喜氣中。向憐生校晚，猶足慰而翁。

立　秋閏六月十六日

半年分節序，兩月度炎曦。天到涼生候，人如病起時。斬藤蘇老樹，引蔓上枯籬。稍悟栽培理，勞生未敢辭。

遣悶五首

其　一

蕪荒十畝田，活計聽兒輩。老翁無外事，灑掃此庭内。庭前手蒔花，旱久仰一溉。一溉力尚能，求多非所逮。

其　二

葵藿知傾陽，牽牛故自匿。秋來常早起，及此好顔色。引蔓爾許長，敷榮憐頃刻。人生亦朝露，乃復爲太息。

其　三

布幔設多年，與人拒炎威。狂風忽吹裂，屋角颺酒旗。迨兹暑將徂，補綴聊撑支。有情戀故物，何必遽改爲。

其　四

達道吾未能，課孫比課子。隔牆催上學，初日漏牕紙。雷霆夜來過，似鬭牀下螘。惟有讀書聲，琅然偏入耳。

其　五

涉世已七旬，勞形非一徑。當時快意處，衰退多成病。吾衰吾病宜，壯健時豈更。醫無奪胎法，勿藥贏安命。

禱雨辭

康熙歲辛丑，閏厄六月杪。五行火息水，金氣鑠原燎。號萬性不齊，可憐羣就燥。焚如到松竹，况乃灌溉草。《毛詩傳》：「童梁非灌溉之草，得水則病。」薪醮等摧殘，庖厨助煎熇。井枯池亦竭，是處開龜兆。瓢飲且維艱，腹枵詎易飽。苗田溥斯害，立作棲苴槁。民病思《下泉》，吏才貪上考。方徵晉陽絲，肯藉琅琊稻。吾寧忍聽睹，獨卧憂悄悄。巷北走里巫，門前來野老。紛然聚其族，愁嘆際昏曉。或云堯湯年，七旱九水潦。《周官》列荒政，六祝五曰禱。村中有神社，禋自唐宋肇。曷不往乞靈，庶登稼穡寶。杖藜隨伴出，趁此星月皎。敢辭衣涉露，翻覺沾溼好。古廟散羣鴉，荒庭無汛掃。片香倉卒炷，覬徹星象表。土偶了不聞，吁嗟向晴昊。天門詄蕩蕩，赤日仍杲杲。感應理豈無，祈年或宜早。况聞兵猶火，旱實兵所召。不見閩海疆，熢烟接窮島。出車當此際，虎旅正南討。兩邦封壤連，免幸輓輸擾。平情易地校，擇禍此猶小。歸各語兒孫，家貧善自保。世界苦人多，豐年古來少。結二句，皆用唐人成語。

勘荒詞

稻根攣縮稻葉焦，宿田稂莠方驕驕。農夫告荒乞申愬，踏勘翻逢官長怒。催科之吏晨下鄉，田今如此何云荒。直須野無青草木黄落，始信天殃魃行虐。

七月杪雨二首

其一

亢旱經三月，農占候畢箕。田間苗槁後，天上雨來時。偏溉雖無補，爲災未可知。《左傳》：「自十月不雨，至於五月，不曰旱，不爲災也。」昨聞邑令勘荒而不報災，故云。眼前瓢飲足，相勸忍朝飢。

其二

用盡耕耘力，云誰憫作勞。老夫憂灌灌，赤子訴嗷嗷。直怕禾無種上，非關土不毛。但看稊與稗，得雨尚能高。

聞制府滿𪩘山同年恢復臺灣郡縣馳詩遥賀五十韻

甌粤梯航路，宗臣帶礪盟。十年開大府，萬里寄長城。地重綏猷遠，天高伏莽清。鯨鯢安有截，蛟鱷静無驚。近置臺灣郡，仍沿海上名。荷蘭初窟穴，日本繼兼并。古未通中國，今方列外瀛。漳泉資扞禦，羅鳳拓屯耕。畝税登諸社，郵籤紀十更。官從遷轉便，商視去來輕。守土非憑險，浮家慣逐贏。盛朝當遠馭，小腆忽潛萌。側聽妖氛起，懸知羽檄橫。厥初傳警急，其勢劇狰獰。劫庫俄焚署，搴旗遂斫營。羣呼烏易合，嵎負虎難攖。推赤虞懷毒，藏姦慮沸羹。黠雖同鼠竊，貪或甚狼爭。即事歸經略，何顔敢抗衡。大都逋藪澤，不異聚山棚。幸可鞭箠及，寧容癬疥生。撤烽宵拜疏，傳箭曉提兵。詎待師中命，方專閫外征。厦門移玉帳，浪島接金鉦。風雨來馳驟，雲雷動滿盈。謀猷元老壯，紀律丈人貞。勦撫宜兼用，恩威在並行。蠱應周後甲，巽必戒先庚。銷鑠熇蒸氣，宣揚赫濯聲。熊羆供臂指，金石貫精誠。遣將符分竹，潛軍木渡罌。登厓持赤幟，映水載青旌。餘勇收番舶，前茅破啄評。竟褫闞白魄，那免夙沙烹。束縛駢頭至，枝梧一足躄。乞降殊慘澹，積困失趑趄。立見屍填壑，毋須觀築京。搗巢腥滌蕩，奏凱日晴明。鋒鏑兒童避，壺漿父老迎。別甄功罪吏，招復版圖氓。六月戎車飭，三秋賊壘平。踰旬除猰貐，剋日掃欃槍。師貴神而速，功惟斷乃成。東漸敷聖澤，南顧慰皇情。優詔便蕃錫，殊恩委任榮。墨縗煩視事，華袞重留卿。坐握中台節，歸彯上相纓。雲臺星象列，麟閣畫圖呈。公自修文德，人皆賀武英。誰操燕許筆，好勒鼎鐘銘。

重過青芝山展座主徐公墓

再入青芝路，佳城四望開。伏龍延地脈，馴鹿護松栽。兩世恩加厚，公子大司空亦奉新綸予祭葬，故云。千秋首重迴。老餘門下士，知得幾回來。

題武進楊笠乘孝廉詩卷二首

其一

少陵上下古今意，多在成都十一篇。杜集中《戲爲六絶》及《解悶》五首皆在成都時作。元裕之《論詩三十章》倣此。愛爾論詩續元後，不曾餘瀋拾前賢。

其二

《都序》誰能重太冲，賞奇兼恐乏司空。還君行卷爲君嘆，可惜不逢潛采翁。謂竹垞也。時楊以詩乞序，故云。

題陳崑發九還圖

陳生示我《九還圖》，丹青妙絶神與俱。鏡中有花水有月，湛湛之體如太虛。三身一性塵無惹，離相方能超般若。畫中看畫孰爲真，形外寓形多是假。老夫好佛不希仙，著句殊非蠟脚禪。觀色觀空空即色，與生同證大羅天。

沈仁山送菊

閒居愛重九，斟酌吾誰與？一棹赴嘉招，對花兼命侶。重陽前一日荷招飲。昨爲芳圃客，今作柴籬主。也擬續前遊，臨觴愁獨舉。時沈方止酒。

食蟹有感

稗是荒田稻，民間敢告飢。無腸憐若輩，多足自能肥。《抱朴子》：「無腸公子，蟹也。」《揚子》：「一蟹郭索。」注云：「多足貌。」

德尹梓樹橋新居落成詩四章

其一

喜聞成室在斯朝，淡水塘東第二橋。《咸淳臨安志》「鹽官縣有淡塘」，即今水塘也。義取去塵兼近市，《易·說卦》疏：「爲白，取其風吹去塵。爲近市，取其木生蕃盛。」聲傳伐木似遷喬。粗營別墅三間足，只隔西阡百步遥。指點小時遊釣處，幾人白髮伴漁樵。

其　二

同居同爨原初志，莫問陶庵與邵庵。用虞伯生兄弟事。宅買一千鄰百萬，謂曾三、芝田。山環東北户西南。吹來隔岸畦風好，汲處通泉井味甘。我比《斯干》還善頌，不生女子但生男。

其　三

晨霏暮靄接氤氲，郲魯聲從擊柝聞。三里詎同千里遠，子瞻《與子由》詩，有「不見便同千里遠」之句。兩家初自一家分。子孫賢必師吾儉，童僕頑須策以勤。聽取王褒申後約，力將灑掃代耕耘。

其　四

梓材自昔宜丹雘，得地今堪里巷誇。三徑垂成先補樹，十年作計勝栽花。肯堂肯構情相屬，爲瑟爲琴事豈賒。從此老兄長蓄眼，莫教桐樹讓韓家。宋人稱韓子華兄弟爲「桐樹韓家」。

第七孫生戲作洗兒詩

家門爲祖難辭老，人世生男不厭多。祝汝長成無別法，小名端合唤僧哥。歐陽永叔家小兒有名僧哥者，一長老在坐，戲謂曰：「公不重佛，何取此名？」公笑曰：「人家小兒要易長育，往往借賤物爲小名，如狗羊犬馬之類是也。」聞者絶倒。

題雙松晚翠樓圖爲毘陵莊彷鶴封君八十雙壽

八十年前十八公，當時手植今成龍。畫師畫龍非畫松，墨光散作雲蓬蓬。仙山如雲凡幾重，雲開日出露兩峰。丈人卓立碩且豐，天姥娟秀排芙容。其下雙幹争相雄，蟠根厚地靈氣鍾。茯苓雪白琥珀紅，倒拔千尺摩蒼穹。樓居乃在翠蓋中，何來巢鶴鳴向風。此聲不與凡聲同，殷勤寄入瓊瑶宫。李義山《畫松》詩：「路入瓊瑶宫。」

徐荼坪題拙集見寄四絶書來索和戲次原韻

其一

詩癡符比和凝集，王伯厚云：「和凝有集百卷，自鏤板行世。此顔之推所謂詩癡符也。」敢望人傳入藝林。土炭自慚殊少味，可堪分啗與知音？用柳子厚《答崔黯書》中意。

其二

及記雲藍咏舊聯，近從吴體得新篇。玉溪才藻世無匹，降格如何擬下贒。

其　三

年少楊郎有舅風，句如彊敵體兼工。令甥楊笠乘亦有詩見寄。此心相醉不在酒，氣味清于象鼻筩。

其　四

一犂歸老傷時晚，四海論交笑眼空。輸爾得名三十載，頭今未白蚤稱翁。

吞金唫爲烈婦葛曹氏作

之死以自誓，義惟殉藁砧。如松無改節，匪石豈轉心。萬古有長暮，千秋方自今。誰編《烈婦傳》，采我《吞金唫》。

周柯雲以詩索酒戲答之

白墮成烏有，用章子厚送酒事。青蚨化子虚。杯乾重九後，甕卧七旬餘。以上四句僕自謂。無酒誰酤我，空函好報渠。乞漿須在酉，古語云：「太歲在酉，乞漿得酒。」今逢儉歲，似非其時。檢曆問何如？

以潯酒一罇貽柯雲聞其有和詩三章而不見寄意蓋嫌少也再作此調之

賣菜多求益，爲君酌損之。一罇供卯飲，半醉聽晨炊。得隴宜知足，將詩博解頤。木瓜期永好，投我勿遲遲。

懷姪紹

聞汝攜妻櫃，辭親自北旋。荒凉傳旅食，時山左荒旱。迢遞趁租船。野燒千林斷，河冰十月堅。可無書一紙，安穩報殘年。

喜雪二首

其一

雲氣低迷海氣昏，窮陰連日暗孤村。兒童起報夜來雪，九十九峰齊到門。

其　二

家家茅舍爨無烟，何法商量捄目前。鴉鵲啄泥蝗入地，好從來歲望豐年。

再過當湖喜晤翁蘿軒

無事能相憶，扁舟兩詣門。秋田經夏暵，冬日就春温。身健長如此，官貧且勿論。别中安慰意，各喜得曾孫。

蘿軒屬題仗節渡海圖

浮山來自東海東，合羅爲一羅羣峰。中有仙人五色蜺，奉使遠赴蓬萊宫。下視古珠崖，浩浩積水空。乘槎客星天上落，文光南射抒長虹。飛飛報海神，正直能感通。神之來兮蜺以告，百匝旋繞官艨艟。高桅枝亞榑桑紅，前驅蛟鼉逃魚龍。坎男平展一泓水，巽女順效三更風。須臾欻渡五百里，自我往矣歸來同。回頭却望九州外，際天一氣青濛濛。繪圖兼題詩，詩好畫亦工。爲君展畫揩雙瞳，蘧蘧形開栩栩中。昔遊非夢怳如夢，此境試叩蒙莊翁。

賑飢謡

官倉徵去粒粒珠，兩斛米充一斛輸。官倉發來半粞穀，一石纔舂五斗粟。然穅襍秕煮淖糜，役胥自飽民自飢。吁嗟乎！眼前豈無樂國與樂土，不如成羣去作倉中鼠！

兀坐唫效香山體

瞶者視惟明，盲者聽必聰。兩官互爲用，缺陷相彌縫。今我殊不然，眼暗耳復聾。無聞亦無見，兀坐成癡翁。逝將塞其兑，毋勦説雷同。作詩以自箴，庶免尚口窮。

兩月來連送荆州季方兩兄及聲山姪葬感賦

吾宗衰已甚，窀穸復連旬。賸得扶藜手，頻爲執紼人。瞑知魂魄妥，儉諒子孫貧。幾點將乾淚，偏傷後死神。

潤木陞學士

初傳當换秩，京堂員缺，弟方列名引見。隻日忽宣麻。唐制：學士院於隻日宣麻。冷署官仍達，空囊俸稍加。一門岐出處，二老謂余與德尹。借光華。人指東西屋，多稱學士家。

七十三唫壬寅元日作

其一

白髮高堂笑語參，滿巵春色進黄甘。鷄聲驚起兒時夢，五十年前二十三。夜夢先父母在堂，兒孫羣奉觴上壽。醒而追憶五十年前，先安人見背，余時年纔二十三，恰合詹義成語，遂借用之。

其二

憶在武英春殿裏，五更冰雪趁朝參。而今日宴猶高枕，花甲周來又十三。余年六十，奉旨領武英書局。

其三

送春簫鼓到城南，詩被催成酒半酣。此景回頭如昨日，年開八秩已加三。己亥冬，客南昌，答《李明府送春牛》詩有「硯田别有耕犂叟，已是年開八秩時」之句。

其四

我笑山陰老學菴，閒中往往好高談。隔年甫乞宫祠禄，又嘆窮愁七十三。陸放翁年七十二，再乞領宫祠，其詩云：「七十人言自古稀，我今過二未全衰。」明年又作《七十三唫》，則云：「髮無可白方爲老，酒不能賒始是貧。」何前後自相戾也。

三杖篇并序

癸巳夏將出都，揆副相自塞外寄送赤藤，借山上人亦以桃枝贈别。乙未春，客遊三山，老友林同人復貽椶竹一條，先後有詩報謝。自爾家居無事，日常摩娑，間一出户，必攜以自隨，因成長短句一章。世出世間，同心無幾。感兹故物，久與周旋。遠銜故舊之情，近資將伯之助，老懷棖觸，不覺言之長也。

文端揆公謚。遠寄七尺藤，瘦筋入骨堅稜稜。林翁近貽一尋竹，肌理年深滑如玉。紅椒所贈材稍慳，稱意亦復輕而圜。初白庵中幽獨叟，叟一杖三成四友。平生遊好凡幾輩，及此衰遲誰耐久。自從得三杖，重結物外緣。導前行徐徐，顧影來翩翩。不傷世尊面，不倚洪崖肩。不化葛陂龍，不參八棒十三禪。入我左右手，不計於國於鄉年。有時課農桑，卓立古路邊。有時問酒家，高挂阮修錢。有時步簷看牛斗，有時曳向柴荆前。有時登臨試脚力，扶持直上青山顛。有時用其一，更番出入循環然。有時一不用，舍則藏耳非棄捐。人皆嫌我懶，爾乃周旋護其短。人皆嗤我迂，爾胡步步趨亦趨。杖兮杖兮爾之三身兮本一身，釋典以法報應爲三身。自天作合兮非無因。吾方愛爾如弟昆兮，親爾如子孫。何有乎管鮑兮，何有乎雷陳。彼四海九州之人兮，又何勞履我即而過我門。「同年皆四海九州之人」，語本昌黎。

正月十日赴曾三之招偕諸弟西阡看梅

好是花期卜復更，前四日見邀，爲雨雪所阻。花光照雪眼尤明。禁當臘底連旬凍，報答春來兩日晴。人事過年多變態，天工於我豈無情。肩隨諸弟頭皆白，又作山前一隊行。

席間戲嘲德尹

合與寒梅作主人，花時往往亦稱賓。東家酒熟西家醉，卜宅方知爲卜鄰。德尹新居，西去曾三纔數十武，故云。

元夕招諸弟小飲二首

其一

數數貪相見，寥寥歎索居。爲歡宜卜夜，隔宿費傳書。歲儉稀村鼓，園荒賸野蔬。勸餐殊少味，亥日也無魚。香山詩：「亥日沙頭始賣魚。」今從市中覓鮮鱗不可得，故云。

其　二

海國春長晦，山堂冷欲冰。一尊元夕酒，幾盞舊年燈。取樂非絲竹，披懷勝友朋。薄雲如作意，相送月微升。

驚蟄前一夕大雪壓折庭梅一椏

驚蟄庭梅發，方當爛熳期。横遭連夜雪，壓折近窗枝。枯菀原關數，猗儺詎有知。老翁爲蚤起，惆悵獨移時。

送沈麟洲之任文昌兼懷同年盧仲山及門孫洪九時盧宰臨高孫宰瓊山皆文昌鄰邑也二首

其　一

去國資裝儉，嚴程里數長，初爲乘傳客，舊是校書郎。碧海天無瘴，生黎峒有香。故知非俗吏，改邑領文昌。沈於武英書局議叙，初掣茂名，改授今邑。

其　二

交遊多遠宦，往往隔音塵。復此臨岐路，因之憶故人。京華送孫楚，江閣别盧綸。不附書相寄，爲言嬾是真。

次韻屠艾山中丞閲吾邑塘工紀事四首昔少陵和次山舂陵行而不寄元竊仿其意聊志築塘始末沐膏澤而咏勤苦草野之情自不能已也

其　一

重聞海底出桑田，拯溺心勞豈偶然。土本無情能尅水，人今有力可回天。行看瀉鹵同剛鹵，時至前賢讓後賢。從使鹽塘堅似鐵，《咸淳臨安志》「鹽官縣有鹽塘」，即海塘也。一城何止萬家全。

其　二

楗石頽林徧井閭，剥膚長恐化爲魚。但祈河伯薪相屬，或覬陽侯射可祛。前此有用築河隄法，課民間出蘆葦，及遣術士射潮者。下策隄防多類此，頻年畚鍤最憐渠。賴君來砥中流柱，歲晚方休力役車。

其　三

雲夢寧論八九吞，閒憑里老慰驚魂。身隨汩出餘生幸，眼見塵揚有數存。萬竈騰烟迷黑白，二儀噓氣判清渾。蛟鼉遠徙凫鷖樂，汎渚眠沙比在亹。

其　四

漁帆樵舶任西東，夕汐朝潮兩信通。龕赭鎖江收牡鑰，塌尖綿岸吐雄虹。幾人築室如謀道，他日爲輪效轉蓬。千古隨刊歸禹蹟，未聞海外奏神功。

德尹自新居乍歸復有吴行朝來偶過補屋辛夷方花口占一律招芝田弟小飲

主人昨日返先廬，冒雨連宵又入吴。乙鳥不巢書屋冷，辛夷自萼海棠枯。庭前舊有海棠一本，今萎矣。 賸留寂寞娱詩老，那免顛狂憶酒徒。小摘畦蔬供薄醉，眼前有景肯教辜。

喜韓自爲過訪村居

吴興前輩盡，尊甫子蘧先生及座主徐蘋村先生。 海角故交疎。豈意停歸櫂，猶煩訪敝廬。采詩千載後，自爲有《近詩兼》之選。話舊廿年餘。村野無供給，非君孰諒余。

雨中牡丹戲作吴體

錦帷錦幬貧家無，風雨故來侵汝膚。半黏半落袖上唾，一瀉一斛懷中珠。爲誰含笑忽成泣，向我低垂可要扶？安得南唐名畫手，調丹與寫没骨圖。

楊致軒命工寫補衲圖自題四絶句大抵皆寓言初白老人不欲一語道破贈以六言四偈拈華微笑正不必從大衆索解也

其　一

偪仄藕絲針孔，直從古古到今。還珠誰開左手，補衲自貯苦心。

其　二

情難校銖輕重，口戒言錐有無。待赴投鍼機會，耐加磨杵工夫。

其　三

隨身不挂寸絲，傳法纔留一縷。本來無縫天衣，忍説西穿東補。

其　四

去且打包行脚，歸當縛律坐禪。金粟影中頭面，木犀香裏因緣。

題沈房仲所藏湯少宰西厓畫卷二首

其　一

淋漓五株樹，墨氣互濆薄。試問輞川翁，何須着邱壑？

其　二

人人讀公詩，惜少見公畫。我今領其趣，妙豈在詩外。時公子良耜以少宰詩集屬校閲，故云。

罌粟花

投種記中秋，向榮及初夏。閲時嫌汝久，開眼迨我暇。穀雨初過旬，牡丹已前謝。繁葩相繼發，紅紫弄嬌奼。轉瞬三日中，流光激如射。紛紛豔質委，一一青房亞。感此花得名，象形出假借。罌儲能幾許，囊括乃無罅。亦名米囊。自從去年旱，穀貴吁可怕。野人方忍饑，望爾甚望稼。謀生遑遠慮，是物貪速化。少待粟粒成，石鉢付碾砑。煎熬比牛乳，何有乎燔炙。撑腸或無力，養胃庶有藉。以上六句，煎罌粟湯法，見蘇子由《藥苗詩》中。此法勿輕傳，吾將高索價。

初夏連雨獨酌

夜倒荼䕷架，朝翻芍藥叢。只消三日雨，又過一番風。春事眼看盡，芳樽誰與同。朱櫻青豆莢，問我忝鄰翁。

喜　晴

麥壠風來煮繭香，桑疇雨過熟梅黄。好花辭蔕半成土，新筍放梢齊出牆。習嬾連朝忘盥櫛，爲鄰幾户返流亡。曝書曬藥吾生事，也逐田家四月忙。

閒中觀䵷鼄作窠惡其顯設罔機而憐飛蟲之不知避也感嘆成十四韻

長蹻蠨蛸族，天生性不廉。醜形皤爾腹，毒網匝吾簷。一目初抽繭，千絲乍滿奩。團團行小磨，細細織疎簾。巧自星邊乞，身長屋角潛。女工偷緯經去，軍法竊韜鈐。意阱方施設，心兵孰戒嚴。蟣蠓穿孔礙，蜂蜨被黐黏。竟少周防智，能無掩襲嫌。此難逃越喙，彼或遇羅鉗。有命胥愁觸，靡求不取兼。禍憐飛處召，貪問幾時厭。物類多相賊，生機豈盡殲。微唫聊託興，即事感旁覘。

次韻同年李眉三南昌署中見懷之作兼寄令弟少峰明府

瓊林一會散如煙，官職才名孰兩全。閒却種花裁錦手，眉三曾宰江都，今去官。好題濯錦浣花箋。戲用韓浦兄弟事。聞君唱和成新集，使我低徊憶往年。安得因風生羽翼，難兄難弟共盤旋。

得泉法師自徑山歸以茶筍見餉戲答一偈

茗柯實理能悟，玉版新參孰偕。何福消磨清供，爲師二十九齋。吴仁璧詩：「二十九齋餘日在，請君相伴醉如泥。」

小暑勸農辭

兩旬赤日過平黄梅，稻針渴水田生埃。人情方憂去年魃，天意突回小暑雷。《農占》云：「小暑一聲雷，倒轉做黄梅。」謂多雨也。披蓑走勸耕稷侶，斗柄指丁宜藝黍。四方水旱吾不知，近與村鄰紀晴雨。《淮南子》：「夏至加十五日，斗指丁，則小暑。」

送楊致軒赴淮上並簡總河尚書陳滄洲

營生畎畝中，外事百不知。夜枕來好雨，晨興課耕菑。有客將出門，扁舟過我辭。云當謁父執，遥泝清江湄。似聞淮黄交，海道廢不治。上流漸填淤，漕粟行遲遲。去冬數萬艘，回空去悉後期。河臣日坐嘯，公帑徒虚縻。九重南顧憂，宵旰允在兹。天下有鉅任，楚材起當之。矯矯湘潭公，望隆朝野眦。司空職水土，特簡非疇咨。下車甫三月，積弊端端釐。别開延攬途，奏入報可隨。顧惟需才際，遄往夫奚疑？憶昨陪南巡，開河議方滋。聖聰斥勿聽，仁被枯骸胔。使者免冠謝，跪聆切責詞。子時理北河，底績在下邳。桃花千里浪，故道復一支。上考記姓名，把麾旋量移。西凉極邊郡，忍使侍養違。棄官返子舍，色笑依庭幃。三年檀州城，形影肯暫離。父在代父勞，父殁扶櫬歸。銜哀舉大事，黽勉獨力措。子性實至孝，子才故難羈。焉能盛壯年，鬱鬱長衡茨。大儒况當道，行矣得所依。音依，與歸義同。輕車就熟路，成此一段奇。我有肝膈語，殷勤效臨岐。子家門閥高，仍世澤未漓。願爲良馬逐，莫作覂駕馳。曹輩豈乏賢，心期古爲師。奢須示以儉，愛必視乎施。上爲國惜財，下亦量己資。謹身而節用，歷試何不宜。贈行意盡此，或勝酒一巵。

四時行樂圖爲張楚良題

春

眼前自饒春意，何必三十六宫。紅藥扶頭宿雨，緑楊踠地輕風。

夏

蕉陰似薄非薄，桐葉雖多不多。竹几桃笙瀟洒，椶鞵蒲扇挼挱。

秋

水北水南霜氣，船頭船尾衣香。離離人影花影，的的濃粧淡粧。

冬

童子開爐煮雪，幽人倚檻披氈。兩眉喜氣浮動，又得新詩幾聯。

題潘銘三孝廉相馬圖小照四首

其一

房星偶然降，地上有騏驎。紛紛皂櫪下，孰是九方歅？

其　二

杏葉蘺未施，桃花色堪愛。君其賞神駿，或在驪黃外。

其　三

骨有買千金，才誰展萬里？人間高築臺，請自郭隗始。

其　四

曹霸丹青手，逢人亦寫真。試看相馬者，此豈尋常人。

題沈紹衣遺像四首

其　一

人稱沈隱侯，自比林君復。竹外一梢梅，梅邊數間屋。

其　二

少壯記同遊，廣談讓虞筆。神理宛然存，呼之疑欲出。

其　三

拙閒吾好友，陳六謙。澹遠吾賢從。家聲山。兩三幅上句，五十年前夢。二人各有題辭，今亦下世。

其　四

久在人間世，孤懷語向誰。還將病風手，追和草堂詩。

哭馬寒中四首

其　一

含笑君過我，含悽我送君。悲歡朝夕變，來往死生分。性命脆如此，流傳駭所聞。從茲當食嘆，不獨感離羣。是日晨過余，午餐尚健飯，輟箸後忽云頭暈，亟遣輿丁舁之歸，中途氣絶矣。

其　二

一發真難救，從知病有根。禍深同室鬥，痛徹九原魂。豈少相關意，終慚未盡言。數行身後泪，無補是生存。

其　三

十里南塘路，歸兮認故居。一生豪氣盡，萬事蓋棺初。妾守牽蘿屋，兒收插架書。詒謀須善體，兄弟好相於。

其　四

太息歸田後，何人問草萊。嬾知吾少出，勤望爾頻來。造物忍相奪，孤蹤良自哀。徑荒門尚設，行復爲誰開？

長生木瓢歌有序

塞山千年松癭，内侍采以爲瓢。覆如蝦蟇，仰如荷葉，中容一升許，體輕而材堅，叩之有聲。乙酉秋，隨駕避暑口外，蒙恩頒賜者。閩中林鹿原取少陵詩語，名之曰：「長生木瓢」，八分書其旁，開牕檢點舊物，以歌紀之，并邀德尹同作。

老蟾爬沙離月户，走上寒巖古松樹。化而爲癭質漸堅，雪錮冰膠肌理附。夜叉欲割電火燒，頤未及張其背焦。不知閲世經幾劫，大似箕山舊挂瓢。中官采同豫章樸，雨洗泉澆出新沐。豹胎拆骨僅留皮，鱉甲刳腸殊少肉。外睅兩目頭微哃音何，仰擎無柄皤皤荷。旁敲儼聞聲閤閤，中翕能受形皤皤。當初曾浥官厨酒，拜賜居然落吾手。今來飲水每思源，甘與支離分相守。詩人好古命以名，杜章可斷標長生。瓢乎瓢乎！汝之真率吾所愛，毋逞狡獪伎倆復變蝦蟆精。

建蘭盛放戲成二絶

其一

新芽續續茁陳根，可惜看花眼漸昏。天與此翁留鼻觀，秋來香到第三番。

其二

名種何須九畹滋，閒堦也長子孫枝。癡懷尚作明年計，手剪花斛供佛瓷。

明窗唫

閉眼則見暗，開眼則見明。問窗窗不知，多緣吾眼生。紛紛黑白花，變幻靡定形。丈室修止觀，滿前水清泠。盡除昏暗鎖，勝閲《光明經》。

凈几唫

几凈豈有垢，塵來集無端。方其初集時，拂去良不難。既拂旋復集，我勞何時閒。有心斯有塵，應作無垢觀。毋爲一塵役，流轉心目間。

古杏山先奉政公祠下老桂四株每歲花時觀者襍沓余兄弟年踰七十曾未一寓目中秋前七日德尹治具攜紹姪及沈甥房仲椒園偕往小飲花下得詩二首[一]

[一]「沈甥房仲椒園」，《原稿》作「沈氏外孫慎旃」。

其　一

山從金粟近分支，中有吾家古桂祠。百尺煙霄扶老幹，兩朝雨露長孫枝。天教人健兼無事，僧報花開正及期。七十餘年輕擲過，只争一日勿嫌遲。先一日相約，爲微雨所阻。

其　二

小春天氣氣清和，邵堯夫詩以八月爲小春天。恰喜招攜少長過。風出牆頭香馥郁，日翻屋角影婆娑。瓦盆瀉酒三升釅，芳樹攀條一曲歌。聊解鄰人嘲笑語，子孫來少客來多。

重九前三日庭桂復花適聞德尹自吴門返棹口占招之

倏過中秋已二旬，再開花似爲歸人。明朝便恐紛紛落，何暇招呼更及賓。謂東亭、曾三、芝田諸弟。

後二日德尹乃來花落矣

今年夏旱秋無菊，賴有深叢發晚香。昨日不來今日落，可憐明日又重陽。

九日不可無詩漫賦

古來此節非今始，天下何人似我閒。無酒無花省留客，不風不雨罷登山。秋高烏帽黄塵外，興寓疎籬落照間。獨把一篇酬九日，從他雲物笑慳頑。

吾邑海隄告成制府滿𠙶山疏請立海神廟親來度地於小尖山麓皇上御書協順靈川四大字錫之扁額用示褒崇壬寅仲冬藩臬二長祗承臺檄莅止廟中虔恭將事愼行老病里居獲逢盛典敬賦俚言以志不朽云

路轉山迴海接天，高甍巨桷鎮山前。神封不以公侯重，睿藻長如日月懸。雲散蜃樓呈象出，波平龍窟抱珠眠。堯民同此安耕鑿，來與君王祝萬年。

戲咏案頭哥窑唾壺〔一〕

小器託名製，流傳自章一。咳唾承幾人，今來入我室。我非王處仲，汝口保無缺。

〔一〕「壺」，《原稿》作「盂」。

長齋繡佛圖爲楊笠乘節母賦二首

其　一

庭下一梧桐，初生鳳已孤。桐今高出屋，辛苦鳳將雛。

其　二

佛力隨人願，年深事果諧。孝烏能反哺，慈母愛長齋。

再爲笠乘題江天一笠圖次原韻二首

其　一

魚尾殘霞照水紅，健帆劈箭指遥空。渡江桃葉不用楫，自有少男少女風。

其二

浪白青天曉日紅，飄蕭一笠好淩空。人生快意偶然爾，若是順流休使風。

十二月初四日恭聞大行皇帝於十一月十三日賓天而詔使未至小臣病廢家居不敢草草成服搶地呼天悲哀欲絶旋復收召魂魄賦輓歌四章秖自述銜恩負痛之私至於帝德皇猷充浹宇宙詳於記注千古爲昭固非草莽蕪詞所能形容萬一也

其一

皇帝升遐率土知，北來哀詔尚遲遲。家居水遠山窮處，耳聽天崩地坼時。却望雲霄心似醉，未填溝壑命如絲。此身直是拖腸鼠，流落人間浪自悲。

其二

功高參贊道彌綸，鴻澤靡涯造化均。乾健坤貞時久泰，日暄雨潤物長春。兒童今作耕稷叟，卿相誰非教養人。六十一年無改號，始終堯曆兩壬寅。

其　三

臣本無才拔擢優，旋憐衰病許歸休。篋藏宫硯蛟螭護，架奉宸章日月留。榼帖兩行珠十顆，堂顔一笏玉雙鈎。貧家何物非君賜，説與兒孫總泪流。

其　四

一昨曾充侍從班，如今視息愧投閒。起居路隔千官外，頂踵恩深廿載間。弓是烏號驚忽墮，髯隨龍去杳難攀。傷心枕上春明夢，髣髴猶疑覲聖顔。

敬業堂詩續集卷三

餘生集上起癸卯正月，終乙巳五月。

雍正初元，再逢癸卯，余年七十有四矣。江海餘生，唫情未廢，正如病馬嘶櫪，枯葵泫霜。竊取東坡此意名此集，既以志感，亦以志痛也。

敬題康熙六十一年曆後

王春天上賜官書，花甲山中紀閏餘。蚤是孟冬頒朔後，重逢開歲改元初。青陽左个迴羲馭，斗柄東方轉帝車。節物不殊年號異，敢將新舊比乘除。

舊有餘波詞二卷原稿失去將四十年沈房仲楚望椒園兄弟忽以抄本來歸即用詞字爲韻口占二絶謝之

其一

綺麗餘波入小詞，枉拋心力悔難追。依稀四十年前夢，重拾亡簪事亦奇。

其二

故物來歸喜可知，木瓜原是我家私。相投敢謂瓊琚報，兩首詩償兩卷詞。

二月三日再過西阡看梅適遇沈椒園遂與偕行時德尹以腰痛不能出故章末戲及之

臘尾曾經冰雪催，旋經風雨又經雷。枝頭欲落未全落，眼底先開讓後開。天好一春逢幾日，身閒半月到三回。半月來，與仁和符、趙二生及吴興沈厚餘、韓自爲輩兩過此，故云。腰輕腰瘦宜相傍，故與東陽結伴來。

題沈房仲閉户視書小照三首

其一

俗物與書仇，紛來奪專嗜。愛此卷中人，胸無户外事。

其二

人方用三冬，爾乃取九夏。梧竹滿清陰，翛然坐其下。

其三

吾衰苦善忘，鑿壁仰鄰照。蘇老有成言，得君如再少。

去冬過當湖重宿化城精舍紅椒上人初自嶺外歸出遊草見示今有詩來索和以四絶酬之

其一

化城菴外水如天，每到東湖愛泊船。禪老鸁償行脚債，詩翁重續對牀緣。

其　二

消息流傳恐失真，親從六祖證前因。黑灰堆裏尋衣鉢，辛苦南華禮足人。

其　三

識取寒泉不二門，散花千偈似瀾翻。平生痛癢相關處，拍掌中看帶血痕。來詩有「吾道痛相關」之句。

其　四

水月洗開雲霧窟，廬山面目現當前。從今便結紅椒社，何必青松有白蓮。來書云將歸老廬山，相約續青松之社。

喜曾濟蒼學博見過次見貽原韻

菰蒲新漲拍村橋，鷗外相尋獨倚橈。歸路爾貪千里近，離羣我嘆十年遥。蚤時風格追思曼，末俗交情感孝標。酒間語及徐淮江後人。忍負眼前林底月，直須酩酊到深宵。

老友張漢瞻自郿城來有詩感舊次韻奉酬

京洛追隨不計春，推移俱是兩朝人。故交屈指年年減，邸報傳聞事事新。居近幾家滄海曲，謂唐考功東江、王給諫學菴。詩留一卷太湖濱。往有《橘社唱和》，漢瞻曾刻於吴門。明珠魚目休論價，草木終緣臭味親。時以新刊文集見貽，余亦以拙刻奉教。

題符天朗聽琴圖小照

絲布澁難縫，譜成《懊儂曲》。緑珠所作。餘音一以散，古調復誰續。不愛指頭纖，只怕指頭俗。老耳劇分明，寒泉韻秋玉。

又題竹里勘書圖

邊孝先腹十萬卷，庾蘭成賦三兩竿。置爾於雲窗霧閣，擬之以青瑶明玕。

哭東亭弟六月十九日

旬來聞伏枕，旦日走憑棺。吾哭得無慟，汝貧翻爲官。功衰凋喪盡，子姓荷承難。後死餘家督，腸枯感百端。

六月廿四夜枕上作

季夏之月魃行虐，三旬苦熱兼無風。暗雨卧聞來自北，明星起視生於東。民勞尚懸飢渴望，吏酷聊借驅除功。杜陵句似爲我設，未免憂國思年豐。

及門符幼魯將入太學來乞贈行之句

海隅夏大旱，處暑暑未徂。符子將北遊，肩輿叩吾廬。告别乞贈言，此意胡可虚。我持一盃酒，味薄分去聲有餘。酌子不盡觴，行行勉相於。男兒屬有志，寧甘老鄉閭。京華聲利場，太學才所儲。天衢闢賢路，馳騁誰不如。筮《易》得《同人》，謹於出門初。豈惟交道爾，願以類推諸。

亢旱苦唫四章

其一

居非永熟鄉，兩世且拙宦。歸田踰一紀，仰屋屢永歎。初來親故疎，近遣僮奴散。兒孫累十口，稺弱居過半。頗覺生理艱，頹齡乏長算。何當委時運，付以一笑粲。

其二

荒政緩催科，明明新詔制。陋邦亦王土，徵發當此際。皇天久不雨，瞻仰星有嘒。郡符夜到門，猛挾雷霆勢。貧家窘倉猝，慮不及卒歲。盡典禦冬衣，而充夏秋税。

其三

年年秋八月，種菜及是時。自從亢旱來，風燥土不滋。荷耡破完塊，投種計已遲。甲拆稍萌牙，蟥去聲口甘如飴。嗚呼菜色民，自古乃有之。今方愁歲饉，豈獨啼年飢。

其四

此鄉本瘠壤，寥落窮甿居。樂歲尚歉歉，户鮮升斗儲。十年罹海患，疾痛況未舒。熬波久無鹽，竭澤兼無魚。何以置此輩，俾安作息餘。吾詩倘可風，聞者盍采諸。

重陽前四日沿海隄入邑城道中感賦

愁卧閲十旬，閉門何所之。今晨偶爾出，目觸中心悲。海霧一氣黄，秋陽敵炎曦。黍苗槁既盡，禍及萁與萁。有如經戰地，顛倒横僵屍。果然周餘民，慘慘靡孑遺。赴死聚百族，偷生無一機。曷不呼彼蒼，天高聽宜卑。傷哉莫以告，造物非不慈。田間老秃翁，罪歲微有辭。身謀良自拙，遑恤斯人飢。

十月九日重赴沈仁山賞菊之招席上戲拈二絶句

其　一

涉夏經秋旱太甚，問花那得此精神。一池水抵三時雨，辛苦朝朝抱甕人。

其　二

遲開猶及領晴光，日薄風輕未有霜。只算今年秋帶閏，重來恰好是重陽。

菊花中有名舊朝衣者戲咏之

借緋借紫儘無端，俗眼多從一例看。衣不如新人已舊，枉呼贊善作朝官。香山詩：「好似東都白贊善，被人猶唤作朝官。」

題勝予姪牧牛圖五章章四句

飯之則肥，飲之則瘦。綏爾商聲，聆予雅奏。一解。爰四其足，可菑可畬。亦兩其角，可以挂書。二解。爾牛來思，釋兹在兹。既辭輓軛，盍解厥縻。三解。黄金籠頭，飼于豢牢。與其爲甯，毋寧爲陶。四解。出關者青，露地者白。自我牧矣，各適其適。五解。

徐觀卿將北行有詩留别次韻奉酬

鉅若鼇戴山，微如螘冠粒。履幽則坦坦，用壯斯岌岌。君才眼罕儷，君語口恒澁。半月脱朝衫，窮年事緗笈。躬承馬班後，學富鯤鯨吸。勝國史未成，嗣賢合重葺。烹鷄用牛鼎，少膾取多汁。嗜篤來衆嚌，衿開祛積習。東江老名宿，謂唐實君。惠好稱朋執。浥彼古井深，資予修绠汲。羅千網必萬，粺九糲或十。義以晰精觕，時乎視闢翕。寧非明堂材，盍奏《清廟》什。行藏勇内斷，聲譽恥虚襲。峨峨野史亭，燦燦傳家集。爲鱗雖久潛，在羽難終戢。新綸紹前局，初震發羣蟄。人皆推掌故，官甫踐末級。巾笥快提攜，直廬供采緝。歲增廩稍豐，月受隃麋給〔一〕。同僚斂手避，先輩下牀揖。尺木階徐升，登瀛門再入。矯首有抗顔，和衷靡孑立。所期擊汰往，安事臨岐泣。贈處例當酬，蠅蝨附驥馽。山蔬忝饟薄，村酒勸飲溼。遠道懽莫追，餘波感猶及。志士覬業成，吉人貴辭輯。從教衣帶緩，肯作步吏急。功名況時至，庸可俯而拾。去去慰民望，吾方詠臺笠。

〔一〕「縻」，誤，當作「糜」，《原稿》作「糜」。

題徐子貞大司空遺像

我出師門，垂四十年。通家後進，獲奉周旋。公之視余，猶稚弟然。晚追前躅，同返林泉。幸不負夫初心，遽舍我而逝焉。官止于司空，壽躋乎老傳。式瞻畫像，儼睹生前。蓋逝者其耋，而不亡者其天。

徐青藤墨牡丹爲視遠上人題二首

其一

濃墨點雙花，枯枝綴一椏。目中無尹白，放筆自成家。

其二

不數洛陽春，不上《天彭譜》。愛此甘露瓶，紋如衲衣補。

題金匡秀户部南廬圖卷子

婁江之水清滄浪，幽居宛在天一方。展開八尺好横幅，令我興發神蒼茫。耕烟筆尠呼欲起，圖爲王石谷所畫。快比并刀能剪水。樹高竹密緑兩涯，日薄風微香十里。飛來紙上疑有聲，采蓮歌逐菱歌生。亭臺占斷清涼國，宜爾三人遺宦情。人間炎熱吁可怕，亦有扁舟思穩駕。題詩預作隔年期，來就圖中消九夏。

哭唐東江考功四首

其　一

獨上扁舟遡逆風，滿天冰雪到婁東。賸含溼面雙行泪，來哭平頭九秩翁。與我相忘形跡外，感人尤在朴誠中。矯時肯擬朱公叔，自此交情見始終。

其　二

華髮登朝僅兩年，賦歸樂事在林泉。招邀鄉社耆英友，成就師門繼起賢。君殁後數日，徐觀卿以輓章寄示，具述相成之誼。上瑞人方占壽國，少微星忽隕昊天。九原可作夫奚憾，自信千秋業必傳。

其　三

曾將尺素寄相思，亦有流傳肯見疑。無間可容纖芥入，此言唯許兩心知。羸償晚節行藏約，細檢生平贈答詩。最後一篇皇甫序，不教衆目笑詩癡。今年正月，君爲余叙詩集。

其　四

門館郊園次第開，昔遊幾度獲趨陪。十年齒序推兄長，半榻塵封望我來。同調云亡應共惜，輓歌相續有餘哀。海山兜率茫茫路，老向人間首獨回。此章追述京華舊事，兼傷揆文端公。時文端下世已七年，君集中哭揆詩有見示語，故及之。

甲辰正月重訪佟陶菴同年於江寧試院感舊有作二首

其　一

嶺南經判袂，海上繼啣杯。忽漫七年别，猶能千里來。短長踰隴夢，辛苦佐時才。君由西寧軍前奉旨起用，故云。萬事蒼茫外，重逢又一回。

其　二

跡忝朝廷舊，身叨禮數優。入時庸自棄，出谷偶相求。柳色回青眼，梅花笑白頭。感君期我厚，長恐負千秋。曩承分俸刊拙集，故及之。

上元前二日陶菴以詩約遊清涼山次韻奉答

令節長多雨，連朝偶得晴。陪遊原有約，索醉豈無名。香山詩：「獨醉似無名，借君作題目。」税杖扶身健，芒鞵稱脚輕。老嫌簫鼓鬧，準擬入山行。

元夕偕陶菴中丞遊清涼山寺

山號清涼寺並稱，此山此寺冠金陵。展開碧落千重網，湧出紅蓮百萬燈。勝蹟肯隨殘劫廢，佛殿新被火。危欄知得幾回凭。宰官説法吾來聽，或恐身爲過去僧。

題秦淮丁氏河房二截句

其一

一派淪漪漾小波，風光其奈早春何。亭臺夾岸參差影，老柳無多新柳多。

其二

畫社詩壇半寂寥，百年塵劫履綦銷。依稀記得虞山句，丁字簾前是六朝。

贈清涼中洲禪師

其　一

師在吾鄉住十年，風塵南北見無緣。眼前一片清涼界，二老相逢亦偶然。

其　二

經史紛綸入剪裁，《黄山賦》可壓《天台》。波流雲委三千字，一句何曾杜撰來。師有《黄山賦》，皆集古人成句爲之。

戲柬蔡鉉升

饑鳳軒前隕客星，杜濬。璞菴殁後少詩朋。王廷銓。能談五十年來事，一個隳官蔡鉉升。《高唐賦》：「長吏隳官，賢士失志。」

席上留別陶菴鉉升中洲禪師適至

高僧來入社，開府出登壇。韻門千巖險，唫求一字安。足增行子重，敢竭故交歡。江渚禽魚便，新篇寄不難。

自金陵至丹陽歸途即事口號六首

其一

莫愁湖北莫雲横，淳化關南朝日生。不管羣情方望雨，出門一步但祈晴。

其二

茅菴僧勸趙州茶，遥指坡陀去似蛇。爲説井枯池亦竭，前頭漸少賣漿家。

其三

野無青草麥無芽，捲地風來撲面沙。遇著閒人還借問，前村何處有梅花？

其四

應試諸生半跨驢，就中不少鄭昌圖。相看一笑休相避，西抹東塗是老夫。二月補行癸卯鄉試。

其五

滿眼流移大可憐，憐渠所至遇凶年。絲毫何補飢寒色，忍爲看囊惜一錢。

其　六

古邑句容隻堠邊，僅通車騎不通船。詩翁來往無人識，獨結孤燈信宿緣。

送李邑侯罷官歸武功二首名含英，甲子科乙榜，秦人。

其　一

思歸若箇便成歸，簿領抽身似爾稀。昨日罷官今日去，萬人海裏羡鳧飛。

其　二

武亭川外武功天，禁旅西征近十年。留取濟時心力在，讓他卜式去輸邊。

薄遊二十日歸時西園西阡梅花已零落而盆中三本開方爛熳戲成二絶

其　一

落盡江城笛裏花，主人索笑始還家。盆梅亦是移根接，不爲東風長妬芽。見《黄仸檀集》。

其二

舊圃新阡本一家，天工人巧略争差。遲開畢竟先桃杏，及作春頭替代花。

庭有柔木二月初吐小白花花皆五出因名之曰雪梅

紅梅已死十年前手植者。盆梅謝，五出輸他密綴條。比似雪花看更好，入春一月不曾消。

石芝出南海中，《鄭北山集》所云石花也。

海南有異産，瑶質波濤姿。靈苗豈根蒂，歲久成菌芝。土俗名以花，泥沙誰惜之。我來遊嶺表，瑞物始見奇。歸無千金橐，石肯萬里隨。刷以止濁膠，澤以無垢脂。藉以錦文石，承以縹色瓷。平堦水一泓，淼若千頃池。中央好位置，爲爾呈華滋。上有蔚藍天，倒涵星斗垂。旁有金鯽鯉，吹唇摇尾鬐。菖蒲須漸長，荇藻交紛披。芝兮得其所，永與山海辭。喚醒嗜睡翁，此品不療飢，吾姑悦吾目，君毋朵君頤。東坡有《夢食石芝》詩，故戲云。「喚醒濛濛嗜睡翁」，亦蘇詩語。

牡丹花下偶題

吾生去日多來日，春事今年减舊年。可惜風光太狼籍，彊扶衰病到花前。

潤木新居看玉蘭次德尹隔日雨阻原韻兼示上姪令録寄京師

唐昌玉蕊豈易得，木筆愛吐瓊瑶花。倉皇不費萬金買，先後特争一日差。遲開正爾及爛熳，治具公然出咄嗟。吾廬無此聊藉口，夜醉東舍晨西家。

德尹新居看牡丹二首

其一

新堂既已成，名種移牡丹。鞓紅玫瑰紫，深色鬥兩般。迨兹風日晴，家會欣團圞。買栽洵得地，好與兒孫看。是日信菴自開化歸，諸姪諸孫俱在坐。

其二

吾庭非無春，其花名玉樓。昨開值驟雨，爛熳八十頭。召客客不來，主人翻出遊。先一日招諸弟于寙軒爲賞花之會，被雨阻。有情定遥妬，易地爲勸酬。

哭承兒四首

其一

汝兄四十八，捨我而逝矣。汝没後十年，數亦止於此。兩哀併一慟，摧感胡能已。明知贅世翁，必無久存理。所傷門祚薄，壯殞先暮齒。生汝兄弟三，眼前惟一子。魂兮去如夢，未遠呼應起。

其二

小年故多病，慮作短折童。亦既見成人，庶望送我終。天乎忍降割，奪去仍匆匆。葠價貴於金，積孱氣不充。有時或彊起，好語聊慰翁。誰知藥罔效，竟坐室屢空。

其三

四女各未字，三男盡孩提。汝在稱慈父，汝亡累嫠妻。一母將七雛，故巢且羣棲。饑寒雖僅免，晨夕同號啼。老耳實怕聞，聞之彌愴懷。吾今已耄及，嫁娶何時諧。

其四

汝叔苦相勸，謂我勿過傷。人生百歲中，壽夭齊彭殤。六十且不毀，矧迺七十强。禮教有格言，嗟嗟吾豈忘。那堪垂老境，重此遘逆喪。委蜕視子孫，達觀媿蒙莊。收聲欲制泪，泪落復數行。

七夕邀諸弟作真率會先三日爲芝田七秩生辰兼補壽觴席上口占四絶

其一

一家舊注長生籍，合算今年得幾何。四個老人三百歲，更加百歲肯辭多。「四個老人三百歲」，用香山成語。

其二

不問賓筵與主筵，更番酌必我居先。此觴只算屠蘇酒，得歲還應讓少年。

其三

人生七十古來稀，萬口流傳老杜詩。笑引《南華》爲轉語，行年七十似嬰兒。

其四

斗牛光並老人星，銀漢中央界紫庭。但願年年仍此會，借君生日倒吾瓶。

七月十九日海灾紀事五首

其　一

門前成巨浸，屋裏納奔湍。直怕連牆倒，寧容一榻安。卑憐蟲窟掩，仰羡燕巢乾，海闊天空際，誰知寸步難。

其　二

借穿殊少屐，欲濟況無舟。我怯行攜杖，兒扶勸上樓。鷄豚混飛走，鵝鴨亂沉浮。小劫須臾過，茫茫織室憂。

其　三

不有匏瓜苦，渾忘稼穡甘。奇灾悲目擊，往事聽農談。高岸翻爲谷，窪居直似潭。連山浮島嶼，幾點户東南。

其　四

驚魂招晷刻，沉氣晦連晨。身似乘槎客，誰爲裹飯人。滔滔方滿地，衮衮總迷津。久在人間世，徒嗟閲歷頻。「水無沉氣」，出《國語》。

其　五

亭户千家哭，沙田比歲荒。由來關氣數，復此覩流亡。痛定還思痛，傷時轉自傷。鄞虞吾分在，無計出窮鄉。

武原故人陳少典下世垂五十年尚未克葬比聞棺木被海潮所漂感傷存殁作詩寄其子行中

一棺猶淺土，聞説被潮衝。痛矣兒無父，傷哉殯未封。居貧須量力，擇吉乃逢凶。行中精於堪輿家術，故云。骨朽難逃劫，吾將罪毒龍。

李氏外孫女歸寧其母於南昌詩以示之

汝母年四十，無男痛孤孀。我時在汝家，目睹心悽愴。回頭汝在側，肩差如母長。弱女良勝無，含哀解徊徨。亟歸爲擇壻，近出諸孫行。前春遣就婚，去秋聞弄璋。老人破涕笑，稍用慰所望。爲婦已三年，禮宜見姑嫜。却愁形與影，生長未離孃，女出孃孤單，依依誰侍旁。送汝至中道，此情良可傷。愛割乳上雛，隨親返南昌。分飛二千里，東下錢塘江。逮汝夫婦來，我復遭逆喪。匆匆暫相見，悲喜焉得雙。西風吹斷雲，診夢占不祥。俄來南浦信，又報無服殤。人間内外婣，歡聚恒充堂。天胡於此酷，觸境罹奇殃。歸寧亦可憐，母在雛則亡。想當重會面，斷續難爲腸。切勿念老人，老人行自量。世無消愁藥，可有長生方。

題仲弟查浦後甲辰圖小照十六韻

鄉黨吾廬會，高堂《學圃圖》。《學圃圖》，先大夫甲寅春畫像也。余兄弟四人及大兒克建，咸侍列圖中，今五十一年矣。承顔猶宿昔，過眼特須臾。賤日雙青髩，歸休兩白鬚。得兒雖校晚，投老倍堪娱。弟生三子，皆在五十、六十以後。漸愛隨肩侍，長聽隔壁呼。用南齊劉瓛兄弟事。推先讓梨栗，交替飲屠蘇。樹是三珠茁，庭非一鯉趨。自嗤牛舐犢，人羨鳳將雛。膝下添文度。去冬新得一孫，亦入畫。毫端識長儒。見《北史·文苑傳》。閒依髹几坐，健却癭藤扶。唤出從花下，排行繞屋隅。起居方遞進，左右亦時須。偶作分巢燕，均爲反哺烏。行看孫丱角，勿忘去父勤劬。笑問多男子，何如五丈夫。更煩名畫手，貌爾比商瞿。商瞿老年生五丈夫子，竊爲弟留眼望之。

送沈楚望赴汴梁幕兼寄楊次也徐象求

之子梁園去，詞華洵絶倫。幕僚稱得士，村巷感居人。夢豈江河隔，情兼臭味真。此中多舊好，毋惜附書頻。

海魚嘆并序

吾邑未罹海患以前，城西有巨魚，隨潮至，約千餘觔。潮退閣沙，附近居民割而食之，不半月而來海潮之禍。客有傳其事者，作此以補前詩所未及云。

永明海鷰移山來，《南齊書》："永明九年，鹽官縣石浦有魚乘潮來，水退不能去，黑色無鱗，土人呼爲海鷰。"細鱗不數菜黄魺。桓寬《鹽鐵論》："菜黄之魺，不可勝食。"居民分臠彼何罪，天遣先期行告災。浹旬以後洪流至，鬼泣神號無處避。怒聲似爲魚復仇，千萬生靈吞一氣。魚乎魚乎倘有知，孰噉汝肉剥汝皮。如何了不分恩怨，一任波臣恣虐爲？

中秋與佟陶菴中丞相遇於江陰舟次邀同月下小飲口占一首

清凉古寺上元遊，重展晴光爲我留。一笑可知無價買，萬緣何必有心求。主張風月推壇坫，舒卷波瀾入唱酬。絶勝虎山橋畔路，兩頭絃管作中秋。蘇人皆望先生於是夕至虎邱，故云。

吴船口號五首

其　一

潮痕初退岸猶淹，直過吴江水始甜。賴有具區三萬頃，不然潟鹵盡生鹽。

其　二

東鄰禾爛相無舂，西舍居然畝一鍾。肯信報施皆鹵莽，惰農方欲傲良農。

其　三

水厄初離大海濱，人天孰與指迷津。忽然石觸舟中裂，悟徹平生有漏因。過滸墅關，石觸舟壞，此中似有悟境。

其　四

往來屈指一旬中，南北東西總逆風。勿與此翁同此路，鄰船豈必盡無篷。

其　五

黑白何心角逐雄，黄羊枰付水流東。依稀十九條邊路，也算仙家小劫終。舟中與尊聞姪圍棊遣日，今棊局爲水所漂，故云。

吊秋花二首

其　一

貧到今年甚，栽花徑并荒。客疎閒步屧，庭失好秋光。枯槁翻因水，摧殘不待霜。感時覘物變，渾似閱滄桑。

其　二

爲少成陰樹，從添覆地花。頻頻滋灌溉，歷歷萎泥沙。凉蝶飛何處，秋蟲話別家。陳根如不死，春雨望萌芽。

題從孫東木説劍圖小影

擁書仗劍真名士，看舞徵歌亦雅儒。今祖聲山有《仗劍擁書圖》，尊甫恒弘有《看舞圖》，舊皆屬余題句。愛爾丰神如父祖，爲題詩到第三圖。

喜得三弟潤木請假省墓之信四首

其　一

忽忽京華別，回頭十二年。自嗟衰已久，重見恐無緣。喜極淚隨落，書來夢告先。前一夕，夢與諸弟共飲梅花下。蚤梅消息近，猶及草堂前。

其　二

一紙平安字，中含慘痛辭。乞歸寧論暫，得請敢嫌遲。恩重身難退，天高聽故卑。自今方計日，倚杖候柴籬。

其　三

至性吾憐汝，頹齡似弱齡。銜哀思往事，燔告慰先靈。再世恩榮逮，千秋雨露零。岡阡松柏路，冬月倍青青。

其　四

海角承基業，秋潮冒石塘。三間僅無恙，十畝已全荒。身在貧何礙，詩成病亦忘。古來無此樂，四老話連牀。時四弟信庵方赴省試，計當同歸。

製地黄丸十韻

恒醫多試藥，久病守成方。客或餐雲母，吾唯服地黄。豈無他佐使，兼取理陰陽。味以甘爲正，材尤熟者良。飯蒸資穀氣，酒洗帶糟薌。幾遍親炮炙，移時謹弆藏。磨臍霏白雪，臼杵擣玄霜。夜和丸加蜜，朝飢嚥用湯。參苓從長價，藜藿等充腸。若問延年訣，君看髮短長。《藥性論》云：「熟地黄久服，變白延年。」

重陽前一日曾三弟招同德尹芝田登龍尾山歸飲齋中口占二截句

其一

十年幾度記清遊，一壑能專又一邱。輸與主人筋力健，笑看三杖拄交頭。余與德尹、芝田俱杖而登山，曾三獨否。

其二

髣髴前塵付夢遊，認將龍尾作旄邱。《詩疏》：「前高後下曰旄邱。」醵錢可是看囊物，爛醉歸仍挂杖頭。是日曾三獨爲主，仍以百錢見還，故云。

九日閒步横漲橋西過玉禾堂晤言思百原存叔季益諸姪憶五十年前曾偕荆州兄登宅南小邱感嘆之餘得一絶句

五十餘年指釣遊，憶同把蟹擫新篘。竹林便是西州路，賸對諸郎半白頭。言思年過周甲，百原亦五十七。

洪梅岑自珣溪過訪即次去年投贈首尾二章韻用酬繾綣之情

其一

隔年曾讀七篇詩，同調如君更不疑。久缺寄書成嬾慢，重煩弭櫂訪衰遲。菊荒陶徑仍留客，楓落吴江已後時。慰我寂寥何以報，敢從鷁路指鴻逵。

其二

俗談肯置齒牙間，一笑相逢飯顆山。知我者希應自愛，古人如作許誰攀。漸消實事休回首，竊忝虚聲祇汗顔。借取尊前秋好處，滿川風月送君還。

自海潮退後旱乾凡兩月餘立冬後三日風雨連晝夜身在畎畝憂樂之境與鄉鄰同率成一首

大潦之餘重苦旱，入冬一雨沛窮檐。村翁旋報麥芽茁，爨婦先知井味甜。天澤下施方是益，民情取足詎傷廉。缾罌滿貯煎茶水，解渴充饑兩莫兼。

題徐學人茶坪書屋圖

《易》於水澤交，中爻有頤象。聖人喻諸味，義在五與上。苦雖不可貞，甘則往有尚。詩家釋荼薺，彼此互相妨。甘苦味絶殊，譬形非一狀。茶坪至性士，即事寓意匠。中有涕淚痕，幺絃出哀唱。圖來屬繼和，畫好神悽愴。我欲釋其神，展圖笑相向。苦中適得甘，一物取兩況。祝君如諫果，甘至苦可忘。天方憐斯人，今亦蔗境償上。吾詩非適俗，良用慰瞻望。

題沈勉之春江待渡圖

《易》曰有待行，《詩》云須我友。通乎《需》之義，利涉夫何有。韋弦矯後急，軒輊視前後。萬事靡不然，時來隻成偶。命圖寓深意，識者爲頷首。

四杖圖歌并序

雍正甲辰秋，潤木以省墓乞假，信菴南宫下第，仲冬望後，相繼到家。時余年七十有五，德尹七十有三，潤木已開第七秩，信菴最少，亦平頭六十矣。白首兄弟，重聚一堂，此生此樂，何可多得。沈子松年爲繪《四丈圖》，圖成，余首唱一篇，屬諸弟共和。

兄年杖國兮弟杖鄉，昔之少壯兮今皆老蒼。伯兮仲兮偕叔與季，杖亦如人兮一二三而四。語本《皇極經世書》。天教四杖兮配四翁，落我手中兮入我圖中。斯圖閲世兮知凡幾世，安得斯人兮世世爲兄弟。

從孫東木贈我石徂徠集及舊墨二挺口占以報

手生慣使雪堂墨，眼暗愛看抄本書。勿笑老饕貪盡取，譬嘗熊掌得兼魚。

東木與楚望疊魚字凡七章連翩傳示再拈二首以答來意

其一

才地評量總不如，連朝踏凍費傳書。兩賢健比雲端鶻，一老嬾於冰底魚。

其　二

插架徒然萬卷餘，只圖遮眼不繙書。詩成亦用白描法，免得人譏獺祭魚。來詩誇余藏書之富，故有此答。

東木前既初從楚望轉致詩中未之及楚望有詩見督戲疊來韻兼示東木

清況原從君所於，報章草附一行書。衰顏忘事類如此，重爲蹄筌記兔魚。

椒園自杭歸用魚韻繼和四章見示再疊答之

其　一

賸馥殘膏吐棄餘，免冠自哂不中書。何來好句如香餌，十丈寒潭又出魚。用《吕氏春秋》語。

其　二

多生有味在三餘，不是還書即借書。童似蟄蟲愁啓户，主方溉釜喜烹魚。

其　三

垂白慈幃暮倚閭，平安兼望海南書。詩人至性吾能識，彈鋏歸來豈爲魚。來詩用馮驩事，故云。

其　四

霜雪侵陵日月除，一尊與爾且澆書。臢留五色離披羽，待配春盤潑剌魚。時餉我野鷄，先以臘酒報貺，新年尚擬作主人也。

喜雪九疊前韻

冬旱旋經兩月餘，朝朝咄咄向空書。欣欣喜動眉間色，雪兆豐年夜夢魚。

烏程王懿誦明府以潯酒八壜見貽再疊前韻

都門醉别十年餘，念舊重煩咫尺書。與致青州八從事，不愁换酒少金魚。

雪後同德尹潤木於西阡裁翦松柏枝即事十二韻

五百新阡樹，參天待幾時。縱饒心欲速，夫豈力能爲。方法咨林叟，權宜問葬師。皆云扶直榦，切戒蘖横枝。趁取冬餘臘，毋拘日反支。及朝行展視，有道在芟夷。斟酌供薪穫，商量用斧斯。攀條防損葉，近本怕傷皮。翦伐初何忍，栽培擬自玆。養成非易易，競長勿遲遲。鹿去寧教觸，烏來定引慈。好留君子澤，傳語後人思。

甲辰除夕與德尹潤木敬業堂守歲

十里東西宅，中央是舊廬。但教頻會合，何異昔同居。就我生春色，前十日已立春，故借用杜句。爲歡卜歲除。白頭三醉叟，相顧一軒渠。

乙巳元日偕潤木飲德尹梓樹堂

夜點霏微雪，晨開爛熳晴。吉占逢上歲，《漢書·天文志》：「正月旦決八風。東北，爲上歲。」殘醉續深更。門冷稀賓客，年衰有弟兄。欲知排日樂，童穉也歡迎。

三日偕德尹過潤木雙遂堂小飲

橋北生春水，橋南泊舫船，《爾雅注》：「舫，並兩船也。」堂開書插架，池動柳含煙。此會經三日，吾生又一年。未須論聚散，取樂及尊前。

信庵四弟自開化至貽我頭陀蘭一盆

海水如鹽變白沙，小庭羣卉少萌芽。未栽堂北宜男草，忽到山中侍女花。見《采蘭襍志》。捲幔移盆香馥郁，迴燈入畫影交加。東風吹過寒梅信，笑問蘭陔有幾家。

再咏頭陀蘭

有美猗猗蘭，山人莳藝成。瓦盆移磵谷，滋護從孩嬰。歲久葉紛披，寶同翡翠罌。見《歸田録》。是宜有佛性，故以頭陀名。我本老比邱，宿世偕修行。對之莞爾笑，亦若弟見兄。適當春蚤時，抽穗百十莖。蕊者含其芳，秀者揚其英。深叢如自匿，高榦或自呈。方將入我室，豈獨列我庭。我庭窅而深，我室幽以清。中空無一有，百竅延虚明。微飔何處來，鼻觀先通靈。霍然蘇病骨，邈矣遠俗情。同氣何待求，同心何用盟。但看露地住，爾汝胥忘形。《大品》云：「須菩提説法者，受十二頭陀，其八爲露地住。」

元宵後一日德尹第二孫彌月再同諸弟作湯餅會

昨夜燒燈節，團圞正及時。今朝湯餅會，少長復於斯。却喜抱孫蚤，渾忘生子遲。回頭看乃祖，顔色尚嬰兒。戲用老萊子事。

送潤木假滿還朝四首

其　一

百日期俄滿，依依旦夕留。情應關棣萼，夢亦戀松楸。繞膝餘黄口，迴腸感白頭。稻粱恩漸重，何敢説長休。

其　二

屈指平生日，全家聚會難。當初殊未覺，此去若爲寬。盡撥形骸累，徐商出處安。古來朝市隱，直作故林看。

其　三

要津居不易，况乃近鑾扃。密勿絲綸閣，承明著作庭。昏歸怕掃軌，曉入必侵星。前輩如趨步，司徒尚典刑。謂張研齋尚書。

其　四

直伴多卿貳，歸休獨老翁。十年供奉後，一夢欠伸中。起廢恩長負，隨班命不同。定蒙相問訊，爲道耳全聾。

潤木北行後喜學庵弟到家二首

其　一

壇坫文章伯，儀曹主客郎。官曾居粉署，歸只守茆堂。鄉黨人皆敬，蒓鱸味正長。起予腰脚健，踏屐到南塘。

其　二

送迎連日有，出處一家中。且喜辭朝客，重添合醵翁。兩眉雖雪白，雙頰尚霏紅。偕隱年相亞，如何不約同。余及德尹先後歸田，年皆六十四，學庵亦然。

會城諸子寄示燈花唱和詩卷戲作二首補未盡之言

其　一

短檠平纔二尺，高燭或三條。艷蕊能含照，芳心怕被挑。開原資火力，落豈待風飄。老眼渾如霧，從看漸漸消。

其二

到處傳鄉信，更番報客過。隔宵疑有讖，詰旦總成訛。螢尾光相似，蠅頭焰幾何？防他蜂蝶笑，輕命是飛蛾。

當湖過高文恪公墓下有感

天上巢痕掃，人間鶴夢回。新松陰漸合，宿草客誰來。廢瑟餘三嘆，題詩擬《七哀》。自傷遲暮眼，轉瞬閱興衰。

重晤借山和尚時將歸老匡廬故後半云

東湖吾所愛，訪友復尋春。可嘆論交地，唯存出世人。嚴西武於去年下世。烟波寬放艇，雲霧密藏身。二老心期在，隨方總比鄰。

以陳鳴遠舊製蓮蘂水盛梅根筆格爲借山七十壽口占二絶句〔一〕

〔一〕「山」，《原稿》原作「山和尚」，後改「山」作「公」，删去「和尚」。

其一

梅根已老發孤芳，蓮蕋中含滴水香。合作案頭清供具，不歸田舍歸禪房。

其二

偶然小技亦成名，何物非從假合成。道是摶沙沙不散，與翻新句祝長生。

曉渡泖湖

扶桑初旭射波紅，人在波光浩淼中。一葉舟如千里馬，落潮時候挂帆風。

大司農華亭王公哀輓六首

其一

逮事仁皇帝，初終五十年。官評崇殁後，物望繫生前。進退同僚式，詩文異域傳。龍髯攀莫及，銜痛遂終天。公薨於雍正癸卯中秋，距先帝升遐僅九月。

其二

公豈當言路，時方競楚風。妄男談禍福，俗子走盲聾。不藉祛邪力，安知衛道功。問誰操白簡，衮衮笑諸公。此述辛酉秋公官讀學時，劾朱方旦事。

其　三

昭代龍門重，先朝信史成。褒譏歸直道，好惡泯平情。事大關千古，心勞萃一生。後來加點竄，此任恐非輕。此述丁丑春公奉專敕纂修《明史》事。今史局重開，故結句云。

其　四

巾箱家世業，鄭孔有箋疏。兼綜紛紜説，重煩考證餘。荆榛芟藝苑，雲霧闢經畬。倚賴醇儒筆，流傳秘監書。此述公乙未春還朝，奉旨纂輯《毛詩傳注》事。

其　五

承家多令嗣，柄政有賢兄。星叶乘箕兆，旌題去國銘。宸衷餘震悼，朝典備哀榮。公已無遺憾，徒傷後死情。

其　六

門生門下士，時世溯淵源。别有酬恩泪，深蒙知己言。壬午以後，慎行入内廷，荷公獎許，迥出儕輩。佳城瞻望近，公賜域在平湖縣界内。畫像典刑存。酹酒陳詞意，還應徹九原。

陶庵中丞來撫吾浙寄示重到西湖詩兼索和傳語以十章爲率次韻如數報之

其　一

一篇乍展兩眉嚬，官紙投來寂寞濱。值得白家飛醆賀，江山管領屬詩人。白香山詩：「且喜詩人來管領，遥飛一盞賀江山。」

其　二

花應含笑柳舒顰，老葑重開淺渚濱。一色春波三百頃，可憐魚鳥總依人。時重濬西湖。

其　三

聖主當時愛笑嚬，用《淮南子》。陪游十日此湖濱。閒鷗喚醒眠沙夢，可有鵷鸞隊裏人。來書語及丁亥春隨駕至湖上唱和事。

其　四

重傳魚素語含嚬，與致珍羞到水濱。野老忍充藜莧腹，鄰家還有斷炊人。後十日，承手書相招，兼貺珍味。

其　五

十室相看九額顰，連年水旱厄東濱。福星一點明吴越，多少人間望歲人。

其　六

烟雨先開西子顰，遥從海澨泝江濱。願推睠顧貧交意，次及鶉衣鷇食人。

其　七

霜松雪柏青冥上，弱藻疎萍沼沚濱。地望雲泥心不隔，眼中誰似繡衣人。

其　八

兩回款洽長江畔，一度追隨南海濱。今作部民應自量，竭歡肯效掃門人。用《漢書》魏勃事。

其　九

已成嬾病兼衰病，合卧漳濱與潁濱。辜負先生懸榻待，愧非徐孺子其人。

其　十

十首唫成抵效矉，靈珠一握在淮濱。讓君頭地君應笑，我是車前避馬人。

春分前補種庭下草花

客土移根茁嫩芽，遠從僧舍近山家。衰年不作多年計，繞砌仍栽草木花。

德尹既和種花絶句復反前意作一首有惟應茂叔庭前草不費栽培也不除之句再次韻答之二首

其一

隙地纔寬尋丈餘，被人比並浣花居。浣花溪上花饒笑，少陵成句。是草如何不剪除？少陵又有《除草》詩。

其二

百卉全腓蔓有餘，鵲巢何異被鳩居。静中勘徹因材理，花要栽培草要除。

以拙集寄高大立蒙投七言古體長篇推許過分非所敢當輒成小詩八章報謝兼寄曾濟蒼

其一

初聞檐溜響空庭，又聽東軒鵲喜靈。報道門前春漲起，雙魚來自菜花涇。禾中地名，大立自署

「菜花涇老農」。

其　二

纏綿真足慰相思，已得君書又得詩。不獨《陽春》難繼和，久將殘錦付邱遲。

其　三

自排小草未經芟，慚愧詩存尚致籤。用皮襲美句。老去敢云聲病少，特煩高手與鍼砭。

其　四

曾記京華把一篇，曩在都下，錢蔗山曾以君詩稾屬余評閲。當時唱和獨無緣。直從常侍論家學，五十工詩自可傳。來篇有「四十以外始學詩」之句，故用高達夫事以相證。

其　五

便從于野篚于郊，義在《同人》最上爻。説與後生曾見否，年將八十始論交。

其　六

門稀剥啄故人疎，比並耆英正不如。同學尚餘曾子固，謂濟蒼也。歐陽永叔有《贈同學曾子固序》。罷官依舊比鄰居。

其七

無佛稱尊亦可憐，白頭兄在弟之前。謂家德尹。好邀張丈爲同社，許我誇張作少年。君年長余一歲，故戲取香山詩語以自況。

其八

百里煙波悵兩鄉，停雲南北互相望。蓴羹未落秋風後，肯棹扁舟過一嘗。

曾濟蒼扁舟見過匆匆即去别後寄示五律三章次答原韻

其一

自聞辭學舍，冰雪到家遲。不爽經年約，君癸卯見寄詩有「準擬明秋共晨夕」之句。還縈落月思。有情來弭棹，無夢到牽絲。轉悔怱怱别，煩君又寄詩。

其二

各有煙霞癖，多忘草木形。跡同歸島鶴，情比在原鴒。家集光相射，清風座可銘。時以尊甫學憲公《清風堂集》刻本賜教。所慚無以報，歸去但空舲。

其　三

鄉社新農侶，名場舊飲徒。一生回白首，萬事失東隅。笑我方迷野，從人欲問途。延年如有術，相勸服菖蒲。來詩有「可許同晨夕，鈔書事截蒲」之句，故用《抱朴子》韓衆傳中事奉答。

德尹以堦前大紅洋茶花二律來索和次原韻

其　一

特因來處遠，小本亦名葩。似剪珊瑚樹，旋開寶相花。雪中猜作火，地上擲成砂。寵極宜深貯，翻嫌出屋茶。「山茶出屋人未知」，唐人句也。

其　二

妙手誰能繪，施丹別有方。趙昌有《山茶圖》，東坡題云：「劒南樵叟爲施丹。」染根從赤土，耀眼奪紅桑。曹唐詩：「海畔紅桑花自開。」難減一分色，如聞三日香。遲開寧免妬，芍藥在偏房。

牡丹一叢手植寙軒堦下已十餘年去秋亦被潮淹春來花頭頓減十之五感歎成唫

手植芳叢傍蘚堦，曾經爛熳起樓臺。只圖春好花長好，不道吾衰爾亦衰。物性近憐多夭閉，天工敢信盡栽培〔一〕。何煩翦却開松徑，知是花時少客來。貫休詩：「春來老病厭迎送，剪却牡丹栽野松。」

〔一〕「閉」，底本作「闕」，據《原稿》改。「工」，《原稿》作「公」。

上巳前一日徐韓弈左田父子見過留飲花下

今年已分負芳時，連日敲門匪所思。鄰舍晚分紅曲酒，前一日家東木餽琥珀釀〔一〕。故人晨赴牡丹期。禁當齲齒重開戒，旬來因齒痛止飲。撥觸唫脾又得詩。花若有知應見哂，合將宮體讓徐摛。

〔一〕「前一日」，《原稿》作「先一夕」。

祝良仲兄弟邀同朱敬修及子姪輩葆光居賞牡丹感舊五首

其一

遇酒逢花每自憐，當前光景記從前。分明一枕繁華夢，再到俄經十二年。甲午春，赴賢昆弟之招，余有詩紀之。

其　二

檢點尊前少一人，賓季下世已四年。老夫制泪且開顰。郎君謂勉仁。好比階庭樹，世澤長培手澤新。

其　三

殖和堂與葆光居，兩姓相望十里餘。眼見祝家花若此，朱家庭院問何如。敬修所居殖和堂前亦有牡丹一叢，花時不到四十七年矣。

其　四

嘉辰省對亦前緣，日薄風微穀雨天。含笑入門扶醉返，愛花兼愛主人賢。

其　五

慚愧吾家淺淺叢，開時只好伴衰翁。翁衰事事粗知分，歸勸花神拜下風。

烏程令王懿誦同年樓村賢嗣也到官半年三枉信使惠好有加野人乏芹曝之獻二律報謝兼寓感懷

其　一

半年三問訊，一一到衡茅。美酒開君甕，新烟出我庖。情深車笠際，誼託紀羣交。十卷傳家集，流傳重手抄。時以尊公詩集屬余校閲。

其二

故人凋喪盡，萬事轉頭空。不有鳴琴宰，誰憐採藥翁。溪山鄰壤隔，晨夕往時同。曩在武英書局，與懿誦共事凡四年。出處何曾判，於今見古風。

喜晴戲示鄰叟

海角罹水旱，桑田歲無收。今春蠶麥好，到耳一解憂。何期立夏來，晝夜雨不休。蠶饑麥委浪，彌望成荒疇。鄰家有老翁，仰睇蒼蒼愁。呼天訴疾痛，淚亦滂沱流。天意驀然回，如人轉雙眸。風驅螮蝀翳，日出崑崙囚。災弭斯爲祥，即事非外求。緑葉既沃沃，良苗仍油油。我笑謂此翁，汝今已白頭。拭汝交頤泪，聆我擁鼻謳。西成所未知，春花鄉人以蠶麥爲春花。幸有秋。且須貰斗酒，偕我壠畔遊。踏泥行插秧，决水使瀉溝。此乃兒輩事，毋參老人謀。

三月二十九日枕上作

入夏六日半陰晴，月當小盡天將明。堦前初開蚯蚓結，門外亂打蝦蟆更。殘花遞風凡幾信，新葉滴露時一聲。年年送春如送客，自我作主能無情。

四月朔德尹招同諸弟西阡看梓花曾三不至末章專及之八首

其 一

村北邨南路不賒，西家攜杖過東家。此橋恰與花爲識，梓樹橋邊梓樹花。

其 二

四株直榦兩行排，十八年前記手栽。老守墓田差自幸，直從拱把見花開。

其 三

玉蘭雪落海棠紅，讓爾稱王萬木中。二十四番都不問，遲開猶壓楝花風。陸佃《埤雅》云：「梓爲百木長，故呼爲木王。」

其 四

遮牆出屋勢亭亭，一色晴光耀眼明。不是詩人唫不到，被他楸樹竊花名。羅願《爾雅翼》云：「梓即楸。」杜詩：「楸樹高花媚遠天。」當是梓花也。

其五

椅桐一例可爲琴，誰識年來長養心。傳語花神須善護，已成材後望成陰。

其六

閒向山前把一尊，深慚令弟慰賢昆。王右丞詩：「平原思令弟，康樂謝賢昆。」五楸莫作三槐看，只要家風及子孫。《褉五行占》：「舍西種梓楸五，令子孫順孝。」少陵又有《五楸》詩。

其七

骰盤索采酒盈升，邂逅爲歡取得朋。却喜居鄰連二仲，謂芝田、維人。何妨末座置吴興。謂沈椒園。

其八

小雨催人入醉鄉，白頭狂得且須狂。用香山語。兩回輕負看花約，前二日，窳軒賞罌粟花，曾三亦不至，故云。笑問一翁有底忙。東坡詩「有底忙時不肯來」。

四月八日雨釋氏以此日爲彌勒佛誕，雨則主夏旱。

佛日宜垂照，農占視秏登。望晴翻得雨，爲咎怕先徵。俗已凋傷極，吾尤感歎增。所憂非越分，生理自無憑。

知止唫效康節體

知止聊從止足徵，牀堪趺坐几堪凭。缾花落後休迎客，禪杖閒來侍定僧。俯聽蛙池憐叫跳，仰看鵲路笑飛騰。呼兒試問春苔色，緑上庭階又幾層。

晨起聞繅車聲喜而得句

蠶桑原是吾家業，五十餘年廢不治。自先淑人卒後，久不聞此聲矣。朝夕飽餐奴婢嬾，詩書責效子孫癡。力難與國充耘耔，用昌黎語。意取如期佐繭絲。時方急催科。忽聽繅車聲動處，喜於雙耳未聾時。

寄祝文昌令沈麟洲六十生日

三千歲月從頭數，六十纔經第一回。野老今朝隨客賀，釋迦昨日抱孫來。先一日有得孫之慶。火山荔子長先熟，瓊海桃花或後開。火山荔枝，四月先熟，見東坡集。大林桃花，四月方開，見香山詩。傳語鶴書徵不遠，簿書寧復滯仙才。

馬素村北歸見過

進士幾時進，太白詩有「進士不得進」之句，素邨於癸卯捷南宫，不預庶常之選，故云。歸舟暫海涯。未尋松菊徑，先過竹林家。甕拆銷愁酒，燈繁送喜花。别中何限事，歡喜問京華。

庭前香橼一株自正月後脊令相繼來巢者凡三入夏復添第四巢見者詫爲奇事感成四章

其一

似求同氣得專爻，《京氏易傳·同氣爲專爻》注云：「兄弟爻也。」四月看成第四巢。好笑先生生計拙，一庵卅《説文》：「三十也。」載未編茅。禹鴻臚爲余繪《初白庵圖》，幾及三十年矣。

其二

新緑陰交户牖鄉，連枝穩穩寄連房。直同譽樹韓宣子，來與貧家告吉祥。

其三

破卵焚巢事出奇，依依擇木詎無知。只除風雨漂摇患，此外吾能力護持〔一〕。

〔二〕按，《原稿》此首作「破卵焚林事太奇，後來居上亦奚爲？依人且作綢繆計，賴是未經陰雨時」。

其　四

次第隨羣不亂羣，五家成保四成鄰。語出《唐書·食貨志》。婆娑此樹還三嘆，知得幾年爲主人。

四月晦夕雨中夢遊西湖

孟夏提月月沉魄，晦日爲提月，見《公羊傳》。仰視重陰方霡霂。三更飛夢到西湖，直上孤山少簦屐。千年華表鶴羣散，百歲叢林僧履隻。諦輝禪師年九十九，於兩月前示寂，夢中了了如此。獨來遇雨可奈何，對此茫茫感今昔。水仙祠前行唤渡，櫂轉蘇堤春漲拍。忽磨明銀豁雙瞳，旋起清風扶兩腋。琉璃萬頃冰一片，倒寫天容落澄碧。船頭魚躍浪參差，船尾鷗輕烟滅没。漸深漸入漸蒙翳，半篙抵岸如投隙。遮頭蓮葉青出藍，掠面荷花紅壓白。中有高人沿岸住，遲去我門開心莫逆。曲闌幽榭導使前，沆瀣漿濃分琥珀。爲言塵世苦拘局，紫蓋丹霞争掃席。曷不相從汗漫遊，浮名於汝終何益。余時含意笑未答，霹靂一聲檐瓦擲。覺來依舊雨淋浪，疑有湖光滿虚宅。

沿南塘至花山觸目感懷口占以當鄙諺四首

其　一

去秋海岸拆奔潮，閘口經年未有橋。老子不知生處樂，賸留枯眼閱蕭條。

其　二

災餘仍慮復爲災，魚鱉殘生大可哀。聖主何曾忘海角，潮神前月受封來。

其　三

向來畚鍤嘆徒勞，保障方期鐵石牢。昨日皇華馳驛過，已傳會計析秋毫。

其　四

不插青苗種木棉，忍饑數到授衣天。問渠微命絲難續，何法支吾度半年。

黄梅紀災

播種多黄萎，如遭旱魃焚。雨痕青没草，鹻氣白成雲。樂土今安適，奇荒古未聞。空煩春夏鳸，應候趣耕耘。《左傳》賈逵注：「春鳸趣耕，夏鳸趣芸。」

次韻酬陳宋齋閲拙集見寄之作

與君降同庚，惡月獨在午。壯齡失前猛，餘照覬晚補。捫腹本空疎，報耕宜莽鹵。千秋著作堂，敢望坐廊廡。師門昔多士，存者今纔五。同邑受業梨洲先生之門者，凡十五人，今唯宋齋、廷益、梅溪、余及德尹在耳。相去復參商，鷄鳴感風雨。如余走流汗，僅可籍湜伍。傳業君庶幾，後先期踵武。猥承奬許加，喻以莊蝶栩。《三都》覆酒甕，世尚譏傖父。矧收爨餘薪，而謂翹中楚。秦彊乃盟趙，齊大顧下莒。小技古所卑，詞章奚足數。君方勤簒述，萬卷恣搜聚。吾老未廢書，粗亦識甘苦。素心樂晨夕，竚跂共傾吐。

次韻答吴興沈寅馭見投四章

其一

平生出門交，獲覯天下士。王楊既掉鞅，屈賈亦劘壘。吴興憶昔遊，山水東南美。風流及前輩，觥録互作使。一别三十年，好奇未知止。舊人眼中盡，回首脚頻跂。夢入鱸魚鄉，秋期猶準擬。詩來若相導，喜色浮杖几。

其　二

遥遥泝華胄，千載幾望族。獨有約後人，到今擅品目。一村無兩姓，門第不改卜。緬惟襄敏公，世緒待爾續。撫今萃羣俊，望古騁遐矚。才氣直靡前，虚懷怕抱獨。側聞鄴架富，足用三冬讀。爲善無近名，莊言視緣督。

其　三

至戚遠漸疎，時風薄尤最。投名肯顧我，欲下老龐拜。長揖就末行，尊稱加耄瞶。腹枵轉内愧，覆發苦難蓋。好友昔見收，來詩追述與東江唱酬事。殆同拾腐芥。數篇唱和什，豈敢追彊對。何當跫然音，蓬藋假謦欬。置之勿復道，自嘆乃凡介。

其　四

大阮謂厚餘。諧古歡，宦遊阻魚素。近傳得長告，甘澤感氾濩。仕路退良難，人情怯鉤注。括機有巧發，入彀多詭遇。本根衒名實，枝蔓托毗附。豔奪眼界花，幻晞草頭露。子方志進取，勇要禺彊護。珍重《角弓》詩，毋忘譽嘉樹。

敬業堂詩續集卷四

餘生集下起乙巳六月，終丙午十月。

德尹札來云嬾見一客嬾舉一步嬾動一念前二語不過婾閒而已若云不動念似難以嬾字並提此境非十年面壁未易到也作詩勗之

法門修心地，攝念當用勤。大施精進幢，去妄還其真。妙湛歸總持，是名不動尊。嬾者勤之反，積習奚足云。雖然不見客，朋從交紛紜。即或不舉步，静坐愁緒煩。念豈因嬾息，較難一例論。我有秘密藏，力敵千魔軍。衆賓襍遝來，兩脚波濤奔。能於起處滅，旋於息後存。舊緣以漸斷，除蔓次及根。新緣免再結，去火先抽薪。此是止觀法，勿令緣有因。

老兄不忍私，持以贈卯君。

窳軒燕乳六雛中有一白翎者喜賦八韻

紫燕家家有，雛生白者稀。自巢居士室，偷學野人衣。玉剪開時見，銀鉤挂處飛。入羣言語似，獨立羽毛非。高比鷺翎潔，輕嫌鶴骨肥。華堂輸氣象，蓬户借光輝。笑我偏留賞，憐渠肯見依。秋期行漸近，春社望重歸。

半研歌爲長洲王繩其賦

帝鴻形製遠莫詳，瓦則銅雀甎香姜。彼皆陶甄出人手，詎若純璞不散之爲良。爰從五代溯魏晉，嗜古獨取唐文皇。惜哉墨妙就埋没，蘭亭繭紙翻入昭陵藏。當時研石落何許，一千年後乃於牛女星野騰光芒。王廷評家流澤長，故第弈葉傳金閶。風流文采似續代不乏，天錫瓌寶近在靈芝坊。見范石湖《吴郡志》。有同茂先識劍氣，拾從礓礫移置几案旁。土花不蝕貞觀字，節角廉殺隨員方。直將此研珍重比玉德，分珪之半猶可名曰璋。一日三摩挲，既以自號復用顔其堂。不知物情何以貴完璧，秦城十五其價未易相低昂。適來徵我詩，寄語善自將。柏厨神物縱使不飛去，亦須防有人間攫石米襄陽。

寄題汪西京乘查圖小照

嘗笑蒙莊生，好作自恣言。一篇《秋水》喻，特以大小論。豈知聖人門，觀水必於瀾。海爲河所輸去，河乃海之源。祭海禮先河，古訓垂簡編。汪侯儒林彦〔一〕，學務探本根。寓形宇宙内，肯受夔蚿憐。乘查繪作圖，於義胡取焉。人謂汗漫遊，庶幾遇神仙。我云溯洄往，直可窮崑崙。命圖或以此，試問然不然。

〔一〕「林」，底本作「休」，據《四部叢刊》本及《原稿》改。

素村寫山林一幅見貽戲題一絶

墨含煙雨筆生風，妙處居然奪化工。如此溪山留不住，又看君入簿書叢。時將赴銓選。

鼠嚙書舊作也偶於廢簏中得之字句多脱落補綴成篇録存十二韻

老去他靡蓄，攜歸賸有書。療飢同菽粟，誇富勝菑畬。獨嗜宜遭妬，羣邪那易除。取憎無若鼠，爲蝨豈維魚。巧伺吹燈後，機乘倦枕初。抱頭疑竄矣，銜尾突來如。旁午紛狼籍，零丁費補苴。無牙誰謂汝，利口劇愁余。曠廢貍奴職，潛逃酷吏屠。飲河非乏水，棄壤亦餘蔬。倉裏寧驚犬，田間可化鴽。如何天地大，苦苦攪蓬廬。

責猫二首

其一

魚飧飽後似逃逋，長養成羣竊肉徒。孰是漢廷刀筆吏，盍將鼠罪坐貍奴。

其二

老人長夜每醒然，兀坐昏昏抵晝眠。怪爾也來争此席，公然睡暖舊青氈。

讀易至蹇卦左足適病風作此自解

先聖設卦爻，《蹇》取往來義。示人以知險，兀者特異是。我今跛一足，往則以偏廢。山水處其窮，吴草廬以《蹇》初爻爲東山下之窮處，上爻爲北水外之窮處。四傍靡騁地。西南與東北，何有利不利。嗒焉斗室中，坐卧兩皆寄。時還用吾短，緩步向簷際。用《北史》李諧事。四肢具體微，萬象息踵跂。不爲平原客，見《史記》。不作衛侯使。見《穀梁傳》。免被全人嗤，寧逢馬蚿避。用黄山谷詩中語。行年七十六，委運隨時至。但恐氣血衰，旋隳讀《易》志。胡敬齋云：「古人老而學愈進，是持守得定，不與氣血俱衰也。」

庭前牽牛卯開辰萎真可謂之頃刻花今蚤偶摘一朵平置盆池水面至日落鮮艷如初戲作三絶

其一

日出相看到日斜，徑同日及槿花朝開夕殞，《草木狀》名「日及花」。鬥鮮華。老夫手握駐顔訣，憐取道人七七花。東坡詩：「安得道人殷七七，不論時節把花開。」周子充詩：「頃刻能開七七花。」

其二

牆頭池面兩相猜，變相翻從泡影來。博得兒童傳好語，房房斂盡一房開。

其三

曾從天啓讀宫詞，美酒澆來萎稍遲。不獨内家堪插髻，而今纔信放翁詩。天啓朝宫人喜插此花，晨起用酒灌其根，開時稍耐久。陸劍南詩有「插鬢熠熠牽牛花」之句。

中秋前擬招徐韓弈陳宋齋梅溪及德尹曾三芝田諸弟合并爲三日之遊先期相訂俱蒙見允作詩志喜二首

其一

東西相望總離居，問訊頻傳得報書。愛惜風光三日裏，感懷存殁十年餘。自甲午以後，兩舉齒會。楊晚研先下世，聲延、季方兩兄繼之，座主許宗伯公又繼之，前年又喪東亭弟。前期直恐因跛廢，時余左足病風。末疾猶思借酒袪。賴是同心不遐棄，肯隨佳月到吾廬。

其二

近偕諸弟遠朋儔，博取新歡續舊游。齒長人皆開八秩，眼明天許作去中秋。芡盤菱角田家味，紫蟹黄鷄野客羞。《伐木》三章歌一闋，清狂校勝竹林不？叶平

客至解嘲

四體分勤惰，左之非所宜。上階先右足，義取主人爲。

中秋夕客散偶成末句用劒南成語

龍鍾曳杖憶歸田，癸巳中秋兩日前。便有鄰人憐我老，不圖又過十三年。

信庵四弟自開化爲我購得江山老杉可製棺具者七十六翁外是復何求耶

三年輸石槨，三寸勝桐棺。與馬衣薪異，將蠶作繭看。形骸終是累，魂魄但求安。生死分勞息，吾非慕達觀。

徐觀卿屬題竹間小照四首

其　一

池上千竿，渭濱千畝。君子之居，君子之有。

其　二

維其有之，是以好之。豈維好之，亦克似之。

其　三

外則直兮，中乃虚兮。於焉況德，淇澳之詩。

其　四

卷中之人，含毫邈然。我儀圖之，代以言宣。

仙馭弟七十初度以繭紙來乞壽言戲作小仙謡贈之二首

其　一

好片霞光軟玉箋，笑將潤筆抵長錢。一門兄弟皆丹籍，爾是茅家最小仙。時以醵分見還，故第二句云。

其　二

莫問三千與大千，五通亦是地行仙。黄眉碧眼如相遇，七十嬰兒正少年。

九日許鐵山楊泓峥連舫過草堂初擬載酒登山晚爲雨阻

畫船銜尾到柴桑，一笑陶家徑就荒。却喜唫編投好句，如開病眼領秋光。二子以《秋日咏物》唱和詩見示。杖扶野老蹣跚步，酒散騷人鬱結腸。不料清遊天也妬，滿村烟雨過重陽。

題楊泓峥負米圖卷

是母靡不慈，古今幾孝子。愛此《負米圖》，援經而證史。一解。負米不爲身，反用少陵語。仰事俯有育。詎忍聽啼饑，豐年一雙玉。二解。孝子前致辭，糠粃可療饑。勿將反哺粒，分減到含飴。三解。慈母亦有語，天心視施報。但願膝下孫，他年如爾孝。四解。

聞楊東崖旅櫬到家未能往哭詩以送哀

旅櫬南歸日，吾方伏枕辰。爲誰留望眼，與世惜斯人。未作青雲士，空悲白髮親。一哀辭不盡，餘泪溢衣巾。

病中曾濟蒼過存匆匆即別次疊舊韻

別中有約泛雙橈，重過南塘第五橋。短札長箋期冉冉，荻花楓葉夢遥遥。交能耐久常存舊，病恐滋深不在標。忍作扶牀來便去，未曾卜晝况連宵。

枕上呻唫二首

其一

受病知何日，今爲覺痛時。不仁先手足，餘毒遞肝脾。臀疽連發，醫家皆云肝脾溼熱之症。自得安心藥，難尋速效醫。朽株空穴喻，三復樂天詩。

其二

細數平生友，人間賸幾人。枯松形伴影，宿草鬼爲鄰。隔世轉頭乍，連宵來夢頻。遠慙兼近媿，一歎一傷神。連夕夢朱與三、祝彦方、王子穎、桐村兄弟。

秋盡日力輩致菊花數本列於階前彊起排悶

重陽以後過旬灾，好事童還致菊栽。我自無心攜酒賞，一年秋負此花開。

後十日德尹攜酒共嘗疊前韻

勿藥豈非无妄疾，有花莫問是誰栽。能消二老一夕醉，正爾不用争先開。

寄許純也徐階五兩編修時奉旨估計畿輔城工兼司賑濟

鴻飛方集澤，賑衈荷皇仁。豈乏循良吏，猶煩侍從臣。力難施版築，才可試經綸。損上斯爲益，端須惠及民。

病起窳軒前秋花已萎課童除徑

入冬百卉荒蕪盡，愛惜能無翦伐加。留取陳根分種類，掃開落葉待萌芽。牆陰緩步蒼苔出，屋角回頭白日斜。七十六翁窮未死，明年還擬看秋花。

徐觀卿年四十三方舉子書來索詩二首

其一

已稱外祖方爲父，女壻來參賀客筵。余姪基爲徐長壻，前年已得子。若比堯夫差校蚤，生兒還在兩年前。邵堯天舉子時，年四十五。

其二

掌上争傳一顆珠，他時摩頂記曼殊。笑援杜老詩爲讖，待看徐卿第二雛。少陵有《徐卿二子歌》，「二難」，其詩中語。

偕德尹至梅里送竹垞表兄葬

平生載酒論文地，今日偕爲執紼行。萬卷書留良史宅，百花莊近相公塋。卜兆百花莊，距文恪公賜域五里。銘傳有道辭無媿，淚落天傭表未成。令孫稼翁乞余撰表墓碑文，尚未就。十七年來餘痛在，待看宿草慰哀情。

高聲伯詵仲兄弟年皆近八旬秋來先後除授教職入冬相繼云亡良可憫也

高家老兄弟，得秩不辭卑。白首同歸日，青氈未暖詩。天寧留碩果，世漸少名師。野外誰傳訃，惟應哭所知。用《檀弓》語。

久旱乏煎茶水適得泉講師至口占四句

殘年最有相如渴，茶竈經旬付冷灰。正擬問龍還乞水，敲門一笑得泉來。

歲云莫矣一室蕭然殘書十架外几案間惟小物八種意有所觸隨筆賦之或莊或謔非贊非銘自遣一時之興爾

右竹鎮紙

厚能鎮薄，尺寸青膚重山岳。

右英石研山

一拳石從研得名，天與嶔崟匪鑿成，草堂之靈英山英。

右均窑硯滴

挹彼注兹，以言乎入也。前涓後滴，以言乎出也。如井收之勿幕，庶取用而恒給也。

右水精眼鏡

有生缺陷，造化補天。一凝冰，相予瞽。

右哥窑唾盂

唾可加，出可哇。語其量，有茹有吐耶？充其義，不屑不潔耶？

孰使一缾之中，而備四季之氣。爾滋爾長兮，于焉代匱。吾閲吾衰兮，以爲臭味。

右花餅

貪爲墨，近之者黑。剥牀以辨，毋緇我白。

右白玉墨牀

鑑之昏矣，塵則集矣。心之蔽矣，垢斯積矣。惡乎除塵視拂拭，惡乎去垢在洗滌。

右古鏡

寒夜作

朔氣襲凝寒，重衾一老單。效收綿力薄，量减酒升寬。不寐夜偏永，無端歲又殘。奇方傳數上息，餘暖在還丹。丹田也。

丙午立春前雪立春在卯時，五更猶是臘雪也。

麥隴輕冰候，茅檐薄雪辰。五更初餞臘，三日復迎春。俗儉希霑澤，年衰敢怨貧。或云天示兆，活此一方民。

陳宋齋有新年試筆見寄詩即次去年中秋齒會二章韻再疊奉酬

其一

已是田居又索居，得君詩勝得君書。揮毫力健增年後，嚼雪神清薄病餘。轉眼又看梅萼破，當頭猶記月魔祛。釋典以月望爲魔祛。巡檐索笑原初約，乘興還期過敝廬。

其二

草木年隨草木儔，師門昨夢感同遊。齒雖似馬徒加長，學不如農豈有秋。自返田園甘養拙，向來林澗恐貽羞。授經傳業輸君在，鄰壁餘光肯借不？來詩有「書種有朋其室邇」之句，此章專以志愧。

廣四雖唫并敘

白香山《四雖唫》以年老、命薄、眼病、家貧與同時四人相校，自謂己勝於彼，余意不然，命薄、家貧，夫何足道，眼病特年老之一端耳。爰捨其三而廣其一，義取達生，未免援儒入莊矣。

眼雖病，日出猶生明。耳雖聾，風來猶作聲。手雖戰，信筆書猶成。足雖廢，倚杖跛猶行。牙齒雖脱落，猶能茹菜羹。鼻雖若齆嚏，猶能遠穢邇椒馨。天既賦以形，又復勞其生。行年七十八，尚欲逃天刑。曾家貧與命薄，足以擾吾宇而攖吾寧？

題沈椒園南堦初卉圖取休文《八咏》詩中語。

歲丙午元旦，沈子造我廬。殷勤索贈言，袖出《初卉圖》。我笑問沈子，繪圖者誰歟？經營出意匠，頗與俗手殊。清池十畝光，蕩漾金碧居。旁添竹萬个，高蔭松一株。襍花繞城平，點綴紛紫朱。置子於其中，圖書間琴壺。神情既閒暇，氣韻兼蕭疎。顧兹《初卉》名，於義奚取乎？答云卉者草，《爾雅》曾分疏。《八咏》自家傳，寓形聊託諸。我有迂闊語，推類請及餘。大哉天地間，物靡不有初。日初視乎旭，照耀徧寰區。月初視乎朏，縱轡騁望舒。驥騄千里足，厥初乃名駒。鳳凰九苞羽，厥初亦名雛。人生曰初度，未幾稱丈夫。初學泝本根，《六經》實菑畬。初志勵晨夕，百年積辛劬。閑家交有功，初筮後莫渝。世途謹初涉，當路無岐趨。我老事事乖，失之在東隅。今雖悔弗逮，敢望收桑榆。願子及盛壯，鑒余爲前車。勿徒草木觀，毋被形質拘。有初克有終，先甲從畢辜。此意期不薄，此圖設非虚。

禽言九章

其　一

春風吹，春草發。春雪浮，浮泥滑滑。

其　二

羣趨羣步，退飛有路，不如歸去。

其　三

宅不毛，田不苗，家家土銼無柴燒。直待夏麥黄，重看婆餅焦。

其　四

前年海水鹹殺粟，去年連塍旱種菽。今年雨足，盍來重播穀。

其　五

鳩鳴椹熟，扈將啄粟，鵯鵊鵯鵊催蓋屋。

其　六

同功偕作，繭頭自薄，胡取蠶絲一百箔。

其　七

野有慈姑，其葉沃若，孝婦之口，忍云姑惡。

其　八

村南之酒村北酤，不計面生熟，但問錢有無。女當鑪，男提壺。

其　九

天未明，且偃卧。炊未成，且忍餓。老而未殉，得過且過。

題友人評硯圖三首

其　一

天質花青葉白，人工銅瓦陶泓。能分上中下品，勝看詩書畫評。

其　二

直可呼爲軟玉，磨而不磷匪堅。純綿何妨裹鐵，纖手搓來欲圓。

其　三

侍女浄揩棐几，羣兒綵戲芝庭。勿嗤兩手三硯，也似各傳一經。

二月二日晴效放翁體

一月陰寒慘不舒，風光也解轉庭除。門開霧野三竿日，冰躍盆池二寸魚。傾倒空箱旋曬藥，揩摩澁眼試看書。唫成聊用龜堂格，猶記年當十七初。放翁有「常憶年初十七時」之句，乃其七十七時所作。

送馬素村赴選入都四首

其　一

君居距余居，一塘三石橋。如連六十井，《毛詩疏》：「六十四井爲甸，甸方八里。」吾兩家道里相去，約如此數。共聽蚤晚潮。有書容借抄，有酒肯見招。造門或卜晝，下榻仍連宵。言念平生歡，能毋感寂寥。明知有岐路，老境不自聊。

其　二

自我反田里，君旋客京華。不見十餘年，去夏蹔到家。今又别我出，行行向天涯。黄昏叩門入，驚起宿老鴉。貧者有贈言，貨財蔑以加。蒭蕘倘可采，跡遠心匪遐。

其　三

舉場名久噪，七上逢初元。得第世所榮，是科特名恩。謂當出頭地，槖筆侍紫闥。乃復儕其曹，貫魚伺銓門。平生著作手，詎耐簿領繁。縣令古難爲，吾聞前輩言。

其　四

聖主方右文，泮宫芹藻美。他途不以褋，間用名進士。五十曰艾年，正當服官始。儒師去俗吏，奚啻相倍蓰。試問敷教寬，何如猛政理。宦成論巧拙，斟酌當及此。

驚蟄後二日雷雨大作

天地久閉藏，雲雷動盈滿。豈其震羣蟄，端用起我嬾。晨興拓窗望，雨脚垂箭簳。户户烟氣微，村邨農事緩。園中菜罕茁，野外麥猶短。饑饉適洊臻，桑榆乏餘暖。婢依懸釜立，童負溼薪返。一老方坐慗，得餐寧論晚。

花朝偕韓奕家德尹赴陳宋齋看梅之招二首

其　一

滿灘春漲拍溪沙，萬里晴光照海涯。近社人隨新到燕，勒寒梅是未開花。攬須肯信風情減，時宋齋病初起。捨杖方看足力加。一笑前言猶在耳，直饒君作少年詩。余與宋齋同生順治庚寅。年十六出應童子試，始相識。余問君年，君漫應曰：「甲午生。」追憶已是六十年前事矣。

其　二

交誼原從古處論，家風可使薄夫敦。蚤推友愛如𦣛弟，晚喜姻婭到子孫。身健會尋他夕約，酒香且泛上時尊。何妨小變從前例，信信爲期視此番。向來此會以三日爲率，故云。

春分前一日西園看梅四首

其　一

候到春分始見梅，人情大抵惜遲開。似留老子尋詩地，免使衝寒踏凍來。

其　二

日氣花光一片明，雨初晴似雪初晴。短笻落手不愁滑，路逕好尋乾處行。用放翁句。

其　三

主人久病園頭嬾，林下漸成榛棘叢。爾自不曾辜望眼，依然爲我報東風。

其　四

雌蝶雄蜂知不知，歸來小折横斜枝。膽缾相對影亦好，坐到月上燈昏時。

憶庭前紅梅前年海水淹吾庭，羣卉無恙，此樹獨萎。

小樹難逃曠劫灰，花時兩度憶紅梅。白頭豈復賞顔色，未免有情因手栽。

題陳子晉孝廉把卷圖

鄴侯牙籤三萬軸，插架新如手未觸。退之此語微含譏，謂是書多難盡讀。陳家鴈行好弟兄，一門以内七業成。豈惟過庭學《詩》《禮》，已自拾芥聯科名。他年捉鼻知不免，歸侍晨昏猶把卷。會當讀盡乃翁書，爲爾披圖留望眼。

春分後十日偕德尹曾三芝田學庵諸弟西阡看梅二首

其　一

西麓看花歲有期，今春陰雨故遲遲。遲來已近禁烟候，猶及緗梅爛熳時。緗梅開最晚。

其二

春酒還同社酒傾，不煩苦勸各飛觥。年年此會吾能預，只是慙稱白髮兄。明日是德尹誕辰，故借用東坡語。

僧哥殤三月二日

夢中先得讖，膝上果殤雛。桂附殊難療，參苓或可扶。醫家皆云宜服人葠，力不能給也。家貧心負愧，泪落眼從枯。何取人間世，摧頹作老夫。

清明日再同諸弟西阡看玉蘭戲作吴體

清明之候天氣回，林下水邊節物催。今日韶光異昨日，半開花意勝全開。木蓮木筆取形似，玉蕊玉蘭從客猜。贏得村童齊拍手，白頭五老又重來。

小飲曾三齋再疊前韻

此生此集凡幾回，春事向晚花信催。可無詩與蕭灑送，况有酒澆壘塊開。骰盤肯博破顔笑，字謎或比藏鬮猜。天於我輩分不薄，莫遣後期疎往來。

翁蘿軒札來約爲西湖之遊以詩作答

故人傳尺素，春事滿湖塘。柳外移歌席，花邊繫畫航。勝遊憐我嬾，後會鬥誰彊。留待登高候，相尋醉鶴觴。重陽後二日，爲蘿軒八秩大慶。

蚤發嘉興

茫茫曉路出杉青，風色初回霧氣醒。夾岸黄雲三十里，片帆飛渡菜花涇。

立夏日飲同年李若華無錫學署

劇縣疆初割，青氈座尚温。絃歌二三子，時分置金匱縣，弟子員去其大半。詩禮一孤孫。若華與令兄寅谷皆喪子，兩家惟一孫。分託同年古，情緣舊雨敦。恰逢櫻筍會，款語到黄昏。

過青山莊與張天門前輩話舊

一别京塵十五年，歸休相對各華顛。主猶愛客寧辭病，我得如君便是仙。再世平泉深雨露，千章喬木長風烟。卜鄰未果青山約，回首令人意惘然。

毘陵訪徐荼坪流連信宿快讀新詩兼晤兩郎君喜而有贈

風雅今誰主，言追正始還。唱酬如不隔，衰病最相關。別裏頻馳札，重來各慰顔。欲知傾倒意，交在紀羣間。

荼坪出新意製料絲燈四面不用山水花鳥畫稾乃從拙集中采取七律一聯以真草隸篆四體書剔墨而成郡中燈市爲之一變今以兩挂見貽小詩報謝兼邀莊蓀服湯述度諸君同賦

製出徐家意匠工，黑間有白白間空。游絲變體雙鉤外，漢師宜官有游絲書。暖玉生烟四照中。吾邑陳太常家有《玉煙堂法帖》。翠墨鏤成疑響榻，碧紗題處愧新籠。一燈從此傳千百，紈扇渾如畫放翁。

春夏之交返往吴中十餘日歸舟連遇逆風口占一首

經年心跡閟林邱，偶作東吴十日遊。春水迢迢縈浦溆，曉星落落數上朋儔。黄魚好勸加餐住，紅藥如邀買笑留。不管石尤風力横，一篙容易轉船頭。

窳軒初夏觸景成唫八首

其　一

亞簷庭樹影初交，坐閲紅芳换緑梢。童穉不曾驚鳥雀，將雛時節復來巢。

其　二

插竹纏枝引幾竿，詩人遊戲出毫端。屈將木本作芍藥，擡舉草花稱牡丹。昌黎、東坡詩皆以牡丹爲木芍藥，今稱纏枝草本爲牡丹。

其　三

荼蘼架與薔薇椶，比擬同時得兩家。别向鄰園移月季，一般開作四時花。

其　四

金魚苗貯瓦盆間，世界江湖無此寬。一笑貧家供給薄，又因施去食減盤餐。樂天詩：「我來施食爾垂鈎。」少陵詩：「盤餐老夫食，分減及溪魚。」

其五

箬葉還同魚子看，箇中臭味品題難。閒來繙盡《金漳譜》，不愛珠蘭愛米蘭。箬葉亦名米蘭，魚子亦名珠蘭，皆庭中所有。《金漳蘭譜》一卷，宋趙彦著。

其六

蜂尾穿花但釀甘，人言甘苦兩難兼。那知世有黄連蜜，可得中邊一味甜。東坡詩：「蜂鬧黄連采蜜花。」《本草》：「宣州有黄連蜜。」《釋典》：「如人食蜜，中邊皆甜。」

其七

不待年時夏税期，家家續命望新絲。天移四月爲蠶月，《邠風》之蠶月，三月也。故遣繰盆浴繭遲。連月春寒，立夏後蚕蠶始出。

其八

夢回明月照梨花，畫稾依稀句裏誇。辜負主人留望眼，去年白燕傍誰家。余去年《白燕》詩有「秋期行漸近，春社望重歸」之句，今竟不至，故用章孝標語以解嘲。

題烏程令王懿誦牧牛圖小照

出門便是草，已到使牛處。却笑臨濟師，逢人猶問路。一解。鼻孔何用牽，放閒付阿對。露地常在前，人牛各自在。二解。官今方牧民，寓意在調伏。可知母憶子，不異牛舐犢。三解。我有十幅圖，與牛作公案。除却《牧牛歌》，請君加判斷。四解。

偶繙乙酉隨駕日記中有恭和御製乏良醫五律一章刻集時失載今録存之

好生天地德，舉念感皇慈。已致民多壽，還憂國少醫。神農今再見，岐伯更誰師。无妄初无疾，須將勿藥治。

梅雨連旬村中無播穀者

夜夜雨連朝，村郵路斷橋。沉波多宿麥，被壠少新苗。垤蟻緣堦上，庭蛙闖户跳。眼前愁脉滿，灾豈待風潮。脉滿見《國語》，土人以七八月爲風潮之候。

曾三弟銓授寧波郡學官引年辭職詩以美之

行藏能自斷，物望遂相懸。清濁泉因地，卷舒雲在天。閒搔雙雪髩，笑擲片寒氈。寄語蘇司業，毋煩乞酒錢。少陵《寄鄭廣文》詩：「賴有蘇司業，時時乞酒錢。」

春杪過曾濟蒼一夕而别入夏蒙兩寄書先後以疊韻詩索和次韻奉酬兼柬高大立二首

其一

風光暗閲人，頭白喜如新。小别俄經夏，前遊尚及春。沉唫懷剡曲，寂寞慰漳濱。勿怪書遲答，詩癡易稾頻。用宋方岳成句。

其二

相望兩故人，物候又驚新。屢送山中臘，猶儲若下春。烹鮮餘鱠縷，連舫待溪濱。地主清狂在，行呼老阿頻。來詩訊及舍弟近況，故及之。阿頻，弟小名也。

題徐韓奕小照二首

其一

有手不放閒，提攜到笄筥。笑問八十翁，疇爲擷芳侶。

其二

牡丹花中王，蘭亦稱國香。不逢采芝叟，其肯襍衆芳。

苦熱六月廿九晨起作。

天之告灾古所聞，旱既太甚今復云。氣將歕海變塵霧，力欲拔山成火雲。鱗介難從釜偷活，羽毛兼恐林遭焚。人於其間何處避，蠅蚋蜩螗非爾羣。

雨窗得宋齋見寄詩期於中秋踐廷益湖莊之約次韻奉答七月十九夜

雨榻勾勾鼻息匀，忽傳剥啄寄書人。過頭久結西湖夏，屈指爲期八月春。邵堯夫以八月爲小春。夢去多番懷好友，老來幾箇得閒身。輸他龍馬賢昆季，相距跰躃隔兩塵。

窳軒秋花今年特盛

高沿籬作障，低覆地成茵。草本無非藥，秋花不讓春。旱乾時適至，澆灌澤惟均。不負栽培意，終歸造物仁。

題沈房仲竹林小照二首

其　一

龍蛇蜕骨能活，虎豹看皮自文。筆底唫風嘯雨，眼前障日攙雲。

其　二

白鶴蹤留彳亍，青鸞尾散毰毸。七賢六逸何處，讓爾獨往獨來。

戲答周柯雲即以來詩中勤羸窮高四字爲韻

其　一

耄矣無新得，終焉失舊聞。業荒慚窳惰，時過悔翹勤。自署知非子，人嗤折角君。時纂輯

《易》注初成，故用《朱雲傳》中事。桑榆收太晚，餘照幸旁分。

其　二

去日多于髮，消閒事事宜。花寧煩助長，杖或借扶羸。興到三杯酒，唫成五字詩。偶然來熟客，亦復著饒碁。

其　三

黔婁爲妹壻，用香山語。晚境略相同。海角支離叟，人間潦倒翁。鼠饑辭米盎，蟲飽戀書叢。頗笑韓夫子，爲文欲送窮。

其　四

似謦亦如嘲，多承一字褒。稍知辭世易，敢作閉門高。廓落容吾輩，夸毗聽汝曹。枯松元早偃，不是傲蓬蒿。

驚聞紹姪天津之訃四首八月十四日〔一〕。

〔一〕按，《原稿》「日」後有一「作」字。

其　一

急足三千里，俄來告汝終。適當風雨後，驚起夢魂中。掩面泪交迸，附書哀莫窮。西郵兼北訃，何以慰而翁。時潤木差江西典試，澐姪將渡江省覲。

其　二

弱冠充鄉貢，今經十四年。得名時最蚤，不壽世争憐。京雒交游重，家門友愛傳。細思無殀理，我慘但呼天。

其　三

新婦爲嫠婦，猶遲廟見辰。粧奩資藥物，衰絰换綦巾。割股初捹命，迴腸爲奉親。古來稱節孝，嗟爾未亡人。姪贅于金，甫兩月，病中新婦割股和藥，殁後屢欲自經，皆來僕口述事。

其　四

二月占初吉，依依話北征。仲春朔，姪將北上，從新居來告行。半年疎問訊，一别判幽明。家已丁衰運，天胡厄後生。眼枯垂白叟，未死得無情。自乙未至甲辰，十年中連喪建、承兩兒，今又哭姪。

重九日德尹邀同沈楚望房仲椒園及家尊聞東木於小尖山潮神廟作登高之會基姪治具座間得詩三首屬諸子共和

其一

海闊天低處，登臨不在高。一年秋向晚，二老興仍豪。練練沙紋細，層層石脚牢。西風吹帽落，絶勝上金鰲。明張東海詩：「落帽風高客袂寒，金鰲閣上倚闌干。」

其二

積雨當新霽，亭空望不迷。雲烟無朕跡，天地露端倪。水勢方趨下，潮頭忽轉西。近帆看漸遠，一一點凫鷖。

其三

沙彌殊解事，指點語衰翁。春夏初暄候，東南積水中。樓臺入圖畫，人馬走虚空。海市依稀見，吾詩與讖同。是日，居僧述三、四月間所見如此，余前題《神廟》詩曾有「雲散蜃樓呈象出」之句。

牆角牽牛秋杪尚吐花

餐風吸露吐晨光，續續花隨引蔓長。賺我秋來頻早起，直先七夕後重陽。

答錢塘周少穆次來韻

種稻恒苦遲，藝稷恒望早。芝蘭失所植，孰辨二芳草。見《後漢書·酈炎傳》。毛羽性或殊，鷁飛讓鴻矯。浮沉視水族，蘋也要非藻。眼前具物理，豈必事遐討。彼昏有不知，醉夢墮茫渺。周生湖山彦，譽擅東南寶。猥蒙謙謙懷，枉訊及羸老。我初壯失學，餘媿時滿抱。響應失宫商，鼓鐘虚擊考。竊聞立言義，作者務根道。與子古爲期，摩蒼還汎浩。

沈房仲匏研銘

其追其琢，寓匏於石。笙磬同音，吾以觀端瓊之德。

寄祝老友翁蘿軒八秩壽

杖朝一老重鄉評，耳尚含聰目鏡明。獨樂湖山歸地主，同時卿相是門生〔一〕。桐城相國、静海司寇，皆先生庚辰分校禮闈所得士。煙霞愛赴神仙畫，絲竹閒陶觴詠情。我欲壽翁何以祝，祝翁還請借翁名。翁名嵩年。

〔一〕「是」，《原稿》原作「是」，後改作「出」。

偕德尹曾三芝田赴學菴之招

浹日招尋又一回，樂羣鷗鷺共沿洄。十日前曾三作主人。似聯等輩成唫社，可有門生致酒材。新種青蔬供小摘，就荒黄菊喜重開。依然三徑桑柴宅，不信曾官主客來。

題許鐵山楊泓浄秋日咏物唱和詩後二首

其一

才人洵有不平鳴，老耳空堂蟋蟀驚。曾酌社翁春社酒，鼓商商應識秋聲。

其二

蛺蜨新時樣總非，争誇好手繡羅衣。報章不乞天孫巧，屈宋原來是錦機。